エンバーミング・マジック

魔法を殺す魔法

茶辛子　イラスト カラスロ

「やっぱりこれは
デートってことにしましょう」

「私甘いもの好きじゃないの。一口でいいわ」
「……」
「……ふふっ、うふふっ。私も本当は似合っていると思っていたの。いいでしょう？」
「ナギさんが楽しいなら、もう、僕も楽しいですよはい」

台座に鮮やかな蔦を這わせていく……
すると、綺麗にうねりに合わせて蔦が絡まり、
台座は回転しはじめた。

「『苗』『包め』」
「あーシズキ、……くそっ、気力足りねぇ」

ニートの最強魔法使いお姉さん。シズキの親代わりで、師匠と呼ばれると機嫌が良くなる。ミステリアスだが適当な会話が大好き。年齢の話題は禁句。

好きなもの・二度寝、宴会、水戸黄門
嫌いなもの・服、インテリア、報連相

千《ち》歌《か》二《に》絵《かい》

斬《きり》桐《とう》シズキ

高校生兼、魔物殺しの破壊魔法使い。冷静かつ飄々とした性格。協調を好み、よくぼーっとしながら物事を面白くする方法を考えている。魔法に対しては複雑な感情を向けている。

好きなもの・冗談、ランニング、料理を振舞うこと
嫌いなもの・血、重苦しいもの、魔法

家《いえ》入《いり》ナギ

クールの仮面を被る黒髪抑圧美少女。淑やかな令嬢のように見られるが、日々をモヤモヤしながら生きているだけ。時折、感情の起伏激しく、表情豊かな面を覗かせる。

好きなもの・ウィンドウショッピング、本棚整理、抱き枕
嫌いなもの・甘味、明るい人間、暗い自分

論理思考のヒステリックエリート。千歌二絵との因縁を持つ、回復魔法の使い手。魔法不要論を説き、全ての魔法使いを消さんとする。

好きなもの・論文翻訳、茶葉の蒐集、ダム見学
嫌いなもの・冗談、惰眠、感情論

？？？

鬼《ほお》灯《ずき》ミコ

自称魔法協会のアイドル、ニコニコ笑顔のミコさん。実態は毒舌と営業スマイルを武器とする強かな仕事人。特技は人と話すこと。

好きなもの・人を従えること、ボクシングジム、美味しい店巡り
嫌いなもの・恋愛映画、占い、子供

エンバーミング・マジック
魔法を殺す魔法

茶辛子

MF文庫J

口絵・本文イラスト●カラスロ

1

目の前で女の子が車に撥《は》ねられた。

蒸し暑さの残る、秋はじめの生ぬるい夜だった。

彼女の黒髪が中空を舞う光景が写真のように目に焼き付いた。重力を無視した動きで、線の細い腕や足が変な方向に曲がっている。スローモーションの事故映像はゆっくりと流れ、コンクリートの地面に衝突した。

彼女は動かなくなった。死んだな、と思った。

僕は撥ねたセダンに目を向けた。車は一瞬躊躇《ためら》いがちにエンジンを止め、それからブルルンブルルン、と逃げる意思をエンジン音に乗せて住宅街の細道を爆音で去っていった。

僕は彼女に近づいた。倒れる女性に祈りでも捧《ささ》げようかと思ったところ、まだ薄く胸が上下していた。生きている。「無事ですか」と声をかけようかと思い、すんでのところでいや無事なわけがない、と思い直して、

「…………もし」

僕はそう声をかけた。

「……あ」

顔の半分を血に染めながらも彼女には意識があった。虚《うつ》ろな目で彼女は僕を見る。よく見れば、クラスメイトだった。見覚えのある顔は半分が潰れてグロテスクだった。

夜闇の公道に、影を延ばすように血の赤銅色が広がっていく。長い黒髪に薄い瞼《まぶた》、僕と同じ学校の制服。折られたヒナギクを連想させる彼女は、静かに口を開いた。

「……やっと、…………」

彼女は僕に向かって手を伸ばした。だけどその言葉は僕に向けられたものではない。泣きそうな瞳を向け、梅干しにL字の肉を刺したような形になっている腕をこちらに伸ばしている。

その様子を、ただ見ていた。

救急車を呼ぶべきだろうな。

そう思いながらも手はスマートフォンに向かわない。搬送してもこの怪我《けが》ではもうじき死ぬ。慌てて逃げる気も湧かない。ただ僕は死に慣れ親しみすぎていた。

こひゅー、こひゅー、と風が吹く。彼女の呼吸の音と重なる。

彼女はまだ生きている。僕はそう思い直した。

ここで彼女を助けなければ、僕が殺したようなものではないか……と考えるほど感情的に動けないけれど、それでも、僕には助ける力がある。なら、たまには助けてもいいではないか。

いつも殺す僕でも、助けたっていいのではないか。

彼女の上半身を後ろから支え脇の下を持った。まだ温かさのある二の腕と、強い血の匂い。ぶにぶにした重さを足腰で支え、引《ひ》き摺《ず》るようにして十字路の端に寄せた。

「『苗』……できるはずだ。『包め』」

呼吸を整える。落ち着け、と念じる。一般人相手に『魔法』を使うのは初めてだった。

『魔法使いは、他者に対して魔法を行使してはならない』

ルールが首筋を這《は》って、冷たい汗になって流れた。なおも僕は手をかざす。

「僕ならできる……僕は魔法使いだ。僕は魔法使いだ……」

コンクリートの地面の上を、あざやかな蔦《つた》が這っていく。落ち着き始めた自分の脈を感じながら、蔦の一本一本に意識を向ける。蔦を収束させ、花のつぼみのような形へと変化させていく「苗の魔法」を行使する。

それは傷をいやす神秘の一つ。対象を植物で包み、部位の損壊すら治療しうるまさに『魔法』。僕はこの魔法が得意ではない……というより、大抵の魔法は苦手な半人前の魔法使いなのだ。だけど、そんなことを言っている場合でもなかった。

Bluetooth の飛び交う住宅街にて、空気中のかすかな魔力をかき集めて練り上げる。体が耳まで熱を帯び、ベタベタした汗をかき始める。工場の巨大機械の真横にもかかわらず厚着でパズルでも解くような、体中が不快な状態でひたすら魔法を行使する。なぜこんなことをしているんだろう、なんて迷いは頭を振って打ち払う。人を助けることが悪いことなはずがない、そう自分に言い聞かせる。

『魔法は必要がない』。

そう自分の中で囁《ささや》く声を、止める息と共に飲み込んだ。

なんとか流れる汗と疲労感に耐えきり、一〇分も経《た》つころには魔法は完了した。蔦《つた》たちはしなしなと萎《しお》れ、僕は手の甲で汗を拭った。そうして目の前の植物の塊に近づいていく。

蔦を外して、中を確認した。だが、どうにも見えてくるはずのものがない。人の大きさならばすぐに四肢が見えてくるのに、蔦の中には人体の厚みが感じられなかった。

あぁ、ダメだったのか。後悔というには静かで小さな感情、がっかり、といった気分で一応蔦を剥《は》いでいく。人の形はなく、血に染まった制服の切れ端は見えた。手を伸ばして、あっ、と気がついた。

小さな命がある。制服の中で何かが動いている。ゆっくりと中に入っていた血の染みたシャツごと抱きかかえ、服をむいていく。

「……猫」

中には、傷一つない、小さな黒猫がいた。

2

強い光が目に入った。

目を開けると、一面の茶色が見えた。僕の住処《すみか》の安アパート、くたびれた四畳半の天井だった。布団からずりおちて畳の上で寝ていたようだ。背中をじゃりじゃり動かして上体を起こす。うんざりするぐらいの朝の光に迎えられて、いつも通りの朝が始まる……わけではなかった。

「にゃー、ぬ、にぃー、にぃー、にゃ、にゃ、にゃにゃにゃにゃにゃにゃにゃにゃにゃ、にぃ〜……………フシャっ！　ゴゴゴ………グル、にゃ、にゃ、にゃあなななななにぃ〰〰」

黒猫が、枕元でめちゃくちゃに喋《しゃべ》っていた。

「おはようございます。元気そうですね」

僕は猫に声をかけた。猫はびくっと動き、それから毛を逆立てた。

「にがにがにがにがにが」

猫は畳に爪を立て、不満そうに唸《うな》っている。……昨日は思わず連れ帰ってしまったが、本人（本猫か？）からすればわけのわからない状態だろう。

「にがにがにがにがにがにがにがにがにが」

……どこから音を出しているのだろう。ともかく、黒猫は穏やかでない雰囲気を小さな黒い体毛で表していた。まずは猫に向き合い確認することにした。

「あなたは人間ですか？」

「にゃ」

「あなたは昨日の出来事を覚えていますか？」

「にぃ～」

「…………」

「にぃ～、なななな、にゃ、んに～～～」

「すいません、猫と話す魔法は非常に高度でして、僕には使えないんです。ついでに猫を人間に戻す魔法も使えません」

「……フシッ」

黒猫はそっぽを向いて白い壁に体をこすり付けた。話にならないとでも言いたげだった。

背中の凝り固まりをほぐしながら立ち上がる。床の軋《きし》みで、「にゃ」と猫は竦《すく》みあがって部屋のすみで小さくなった。時計を見ると朝礼まであまり猶予はなかったので、素早く寝巻を脱ぎ、昨日のうちにアイロンがけした制服のシワを手で払って袖を通す。

一通り身支度を整え、八枚切り食パン一枚をそのまま口に入れた。猫が見ていたので、しょうゆ皿に小さく切ったパンと、おちょこにミルクを入れて猫の近くに置いてみた。猫は恐る恐る近づき、パンを前足で掴《つか》もうとして苦労していたが、そのうちチロチロと舌を出しながら首を伸ばして食べ始めた。

その様子を眺め、食べ終わったのを確認してから猫に声をかけた。

「えーっと……猫さん、と呼ばせていただきます。猫さん、あなたはどうしますか？　僕は学校に行きます。猫さんは学生でしたよね？　昨日、事故の際に顔を見ましたが」

「にゃ、にゃにゃにゃにゃ」

「……ちょっと待っててください」

ノートの切れ端に「ＹＥＳ」「ＮＯ」と書いて切り、それをつまようじに付けてセロハンテープを巻く。お子様ランチのてっぺんに刺すような、小さな旗ができた。

「これを持って」

「にゃ？」

「あなたは雲雀《ひばり》高校、二年二組の学生ですか？」

猫は旗を引《ひ》っ掻《か》くように動かした。『ＹＥＳ』。

「……ええと、とりあえず学校に行きますか？」

猫は少し唸《うな》ってから、控え目に旗をつついた。『ＹＥＳ』。

「わかりました。ここに置いておくわけにもいきませんからね。ここのアパート、ペットは不可なんです」

猫は不満を示すように「に～」と呟《つぶや》いて、首を斜めに動かした。

3

猫は鞄《かばん》に入れていくことにした。朝の通学路、昨夜と違い冷たい風に身をすくめる。

歩くと鞄から「にっ、にっ」と声が聞こえてくる。僕は学校に学習用具を置きっぱなしなので鞄の中には殆《ほとん》ど何も入っていない。猫が怪我《けが》をすることはないはずだが、どうにも落ち着かない。すり足で歩くと猫の声は収まった。

「多分、あなたの戻し方を僕の師匠が知っています。夕方にならないと目覚めないので、それまで僕から離れないようにしてください」

僕は鞄の中に声をかけた。猫は要領を掴《つか》んだようで、『YES』の旗を器用にチャックの隙間から出してきた。寒さのためか、猫は鞄から出ることは無さそうだった。


教室に入ると数人のクラスメイトが挨拶をしてきたので、軽く手を上げて返事をした。猫を学校に連れて来るなど校則違反である、多分。誰にもバレてはいけないので友達には近づけず、そっけない挨拶だけを済ませて自分の席を目指した。

だが、隠そうとはしたのだけど。

「キャー！　か・わ・い・い～！　ねぇ斬桐《きりとう》くん、どうしたのこの猫～！」

「シズキまたヘンなことしてんのか～？　ってうわ、動物連れ込みかよ！　何やってんだよバカだな～」

知り合いの猫をちょっと預かっていて、と僕は弁明した。いつのまにか、僕の机のまわりには多くの人が集まっていた。四方をクラスメイトに陣取られ、猫はもみくちゃにされていた。オセロだったら負けている盤面だ。

なぜか、僕は割と人に寄られることが多いのだった。というよりイジられ役、ナメられているとも言える。雑な役回りだが嫌なわけではない。ただ今日に限ってはあまり近づかないでほしかった。そういう雰囲気を察知して皆やって来たのだろうけど。

「シズキは天然だなぁ」

「すいません、そうらしくて」

後頭部を掻《か》いて微笑《ほほえ》んだ。僕は平然と生きているつもりなのだけど、やれ「お茶目《ちゃめ》だ」「抜けている」と評されることが多い。今も、「この猫は元人間です」と大真面目に言えば、冗談だと笑いの種にされるだけであろう。

「ホントはいけないけど皆、猫ちゃんのことは隠してあげようよ」

クラスの明るい女子が言い、僕は頭を下げた。一件落着、あるいは玩具《おもちゃ》で一しきり遊び終わったという雰囲気で、ばらばらと人がはけていった。大騒ぎをして申し訳ないな、と教室中を見わたす。ほとんどの席は埋まっているが、窓際一番前の席が空いていた。いつも涼やかな雰囲気の女生徒が朝一番に来ているはずが、今日は来ていなかった。

事故の現場が重なる。

血に染まった女の子が脳裏に現れ、次に鞄《かばん》の中でくたびれている猫に重なる。僕はちら、と鞄の中の猫を見た。

「……あなたは」

そう鞄の中に声をかける途中で、チャイムが鳴った。先生が教室に入り、朝のホームルームが始まった。


「そろそろ出席とりますよー？」

生徒たちがスマホを隠していくのを黙認しながら、先生はいつも通りに出席帳簿を教壇の上に軽く二度落とした。僕は内心猫がバレないかひやひやしたが、よく考えればバレる要素はない。猫は静かなままで、生真面目な担任教師はいつも通り出席を取り始めた。平和な日常であることに感謝をして僕は少し気を緩めた。

相田《あいだ》さん、飯田《いいだ》さん、と一人一人出席を取っていき。

「家入《いえいり》ナギさんー」

だが。

「にゃ」

ある生徒の名前に対し、猫が返事をした。

「「…………!?」」

教室がざわめいた。

「今猫の声しなかった?」「エーナンノコトカナー、なぁシズキ?」「にゃ、だって」「可《か》愛《わい》い〜〜〜!!」

教室はやんややんやと騒ぎたて、教師は僕を不審そうに見た。今誰か、僕の名前を晒《さら》さなかったか。

「斬桐《きりとう》シズキさん? 何か、あったの?」

担任の目がぎょろぎょろと別生物みたいに動いて僕を捉えた。どうしようか、と考える。クラスメイトの視線が僕に集まっている。全然隠されていない。仕方ないので僕は口を開いた。

「にゃ〜、です」

「は?」

僕が鳴きまねをすると、先生はぽかんとした。

「にゃ、と僕が言いました」

「……」

「にゃ、おーん」口を大きく動かして言った。

「…………」

「…………」

「それに、何の意味が？」

担任は眉をひそめている。

「癖なんです」

眉一つ動かさずに言えたと思う。

「…………」

「そ、そうなのね…………」

「はい」

教師は首を何度も傾《かし》げながら、再び出席を取り始めた。

「ふう」

危なかった。心の中で深いため息をつく。なんとか危機を回避できたらしい。

だが教室では、何人もの生徒が下を向き、笑いをこらえているように見えた。

4

それ以降何度か危ない局面もありながら、なんとか猫と共に過ごすことができた。男子トイレに行く際には気を遣ったり、昼休みには猫もろとも囲まれたり、といった程度の困りごとだけで済んでいた。

迎えた六時限目の体育。一日机に張り付いて凝り固まった体をほぐす時間である。周囲の生徒はもうほぼ放課後だろ、最後の授業で着替えるの面倒だな、といったゆるゆる雰囲気でたらたら体育館を歩いていた。

バスケットボールの授業では猫カバン（クラスでそう呼ばれていた）を持っているわけにもいかないので、体育倉庫に猫ごと置いていた。教室に置いてしまえば、もし問題が起きた時にまずい。何か問題、というのはこと魔法に限っては厄介だ。なにせ魔法の神秘の前ではなんでも起きる可能性がある。

そしてコトは起こった。のろのろ走るクラスメイトの間を縫って僕がボールを追いかけ、リバウンドを取る練習に励んでいたところ、

「きゃっ！」

と体育倉庫の中から声が聞こえてきた。

先生の笛の音よりは小さく、けれども話し声よりも大きいその女性の声。何人かには聞こえていたらしい。男子が「いま女子いた？　笑」「おい誰だよ」とざわざわし始めた。

バスケであったまっていた体に冷たい風が吹き込んだように感じた。もしや、魔法が解けたのではないか。僕は、「ごめんトイレ」と近くの友人に声をかけ、体育倉庫に入っていった。

重い扉を開く。覗《のぞ》いた倉庫の中で白い糸のようなものが宙を舞う。汗と人の匂いが染みついていて、ひんやりとしている。

その中に僕の猫カバンがあった……というには、無残な姿だった。

僕の猫カバンは中身が爆《は》ぜたかのようにびりびりに引き裂かれていた。いやな想像が頭に浮かぶ。しかし元猫カバンを嗅いでも血の匂いはしない。猫っぽい匂いだけだ。

「なっ、なに嗅いでるの……！」

囁《ささや》くような女性の声が聞こえた。

「誰ですか？」

「……シズキ、くん……さ、さんざん弄《もてあそ》んでくれた……わね……」

「僕の名前を知っているんですか？　……それより、声が震えていますが、大丈夫ですか？」

その声は跳び箱の中から聞こえてきた。目を凝らせば、隙間から何か人の肌らしきものが見える。なるほど、とそこで合点がいった。

「ちょっと失礼します」

「あ……！　開けないで！」

僕は跳び箱の一番上の段を、蓋を開けるようにして移動させた。

中には、裸の女子がいた。

2
3
4
5

彼女は膝を抱えるようにして体育座りになっている。長く体に沿った黒髪と暗さに阻まれて姿勢以外はよく見えない。むき出しの薄い肩と小さくなった姿勢のせいか、このまま跳び箱に押しつぶされそうだという印象を受けた。

「……っ！」

キッ、と睨《にら》まれた。長いまつ毛の瞳と薄い唇が、これ以上見るなと伝えてくる。

「やっぱり戻ったんですね」

「な、なんなの、本当に！　ずっと意味わかんない……」

彼女は肩を震わせていた。視線は伏しがちに、声を震えさせながら呟《つぶや》いた。

「落ち着いてください。あなたは猫になっていたのです」

「散歩していて、気がついたら猫で、なんでかシズキくんの家だし、音とか振動とか大きくて怖いし、もみくちゃにされるし、人って大きすぎて怖いし、それにはだ、はだかだし……」

「大丈夫です。落ち着いて、息を吸って吐いてください。そのまま姿勢を伸ばして伸びや屈伸をするのもいいと思います」

「いろいろ見えちゃうでしょう!?」

「そうですね、それに気がつくぐらい冷静なら大丈夫そうです」

「……シズキくん」

彼女は整った眉をハの字に広げた。睨むというよりは呆《あき》れた視線だった。

「そういえば、あなたは家入《いえいり》ナギさんですよね？　確認しようと思っていましたが、猫になっていたので後回しにしていました」

こくり、と彼女、家入ナギさんが頭を縦に動かしたのが見えた。昨日の夜見た時から見当はついていたクラスメイト。彼女は殆《ほとん》ど話したことのない女子でもあったので、確信が持てなかったという事情もある。

しかし、会話せずとも彼女は印象深い女生徒だった。あまり口を開かず、人間関係より読書を優先しているのかいつも自分の席で凛《りん》と座っていた。積極的に誰かと関わっているのを見たことがない。影が薄いわけではなく生気や色素や存在が希薄といった印象で、むしろ何をせずとも記憶に残る子だった。

「わ、わたし、散歩してて、撥《は》ねられたのよね……それで、どうしてこうなっていたの？　シズキくんが助けてくれたのよね？　でも、どうして、ほんとうに、どうして……」

こんな風に沢山喋《しゃべ》っているのも初めて聞いた。音は小さいけれど透き通った声だ。以前子役として活躍していたという噂《うわさ》が流れるだけある、となんとも場違いなことを思った。

「細かいことはまた話しましょう。今は、そうですね、貴女《あなた》の服を……」

ばたばたばた、と倉庫の外から音が聞こえた。

「隠れて」僕は彼女にそう声をかけ、跳び箱の一番上の段を被《かぶ》せた。

「おっ、シズキー。何してんだよ？」

倉庫にやって来たのは一人の男子生徒だった。

「ボールを取りに来ていました」

「ほーん……お前トイレって言ってなかったか……？　まぁいいやボールとってくれー」

「はい。どうぞ」

バスケットボールの籠から一つを取り出し、目の前の男子生徒にパスをした。

「サンキュー。……どうしたん？」

「なんでしょう」

「なんで、そんなとこに突っ立ってんの？　出ねぇの？」

僕は、跳び箱の前に立っていた。出入り口を守る警官みたいに、両足を少し開いて。

「…………」

「…………なんか、隠してンじゃ、」

「逆に、ですよ！」

少し大きな声を出す。

「おっ、おう」

「逆に、ここに立っていてはいけない理由があるんでしょうか」

「え……いいけど……」

「ですよね。立っていても、いいですよね」

「おう……でもよ、」

野崎《のざき》ー？　替えのボールまだー？　籠もった音で体育倉庫の外から目の前の男子生徒を呼ぶ声が聞こえた。男子生徒は眉をひそめながら何度か僕の方を振り向いた。

「今行くー！　……今日のシズキ、いつもに増してヘンだぞ」

不審者に向けるような視線を残して、彼は出ていった。

ふう、と額を拭う。今日はよく疑われる日だなぁ、と思うけれど、万事無事に……。

「なにやり切った感じ出してるの……」

跳び箱の一番上の段を少し開けて、そこからジト目が覗《のぞ》いていた。

「嘘《うそ》が下手すぎるわ。朝の時も思ったけど」

「え、そうなんですか……」

「なに肩を落としてるのよ……頭のおかしい人間にしか見えないわよ」

「はは、男子高校生に頭がおかしいは誉《ほ》め言葉ですよ」

「……なんというかシズキくんって」

跳び箱はふう、と深いため息をついて言った。

「……なんでもない」

「バカだ、と言おうとしましたね」

「ネジが外れている、よ」

バカにするより不良品扱いの方が酷《ひど》い。彼女はモノをハッキリ言うこともあるらしい。

『おーい、集合！　授業閉めるぞー！　ボールちゃんと集めてこーい！』

突然、ぴぃーっ、と体育教師の笛の音色の後に野太い声が聞こえた。

「し、シズキくん」

ナギさんは視線だけを跳び箱の隙間から器用に出して、心配そうに囁《ささや》いた。

暫《しば》し、考える。体育の授業が終わればボールを戻しに皆が体育倉庫にやってくる。その時に一人ぐらい彼女に気がつくのは充分あり得る話だ。

「ど、どうしよう、見られちゃう。そんなことになったら、恥ずかしくて生きていけないわ……」

「恥ずかしいことなんて何もありませんよ。家入《いえいり》さんはスタイルがいいですから、胸を張っていればいいのではないでしょうか」

「…………」はぁ、とため息が聞こえた。

「冗談です。しかし、どうしましょう」

倉庫の小窓は人が通れる大きさではない。周囲を見渡すも解決策は何処《どこ》にも無いようだ。

「こんなことなら猫のままが良かった……」

ナギさんが愚痴をこぼした。猫のままが良かった……なるほど、と手を打つ。

「そうですね、その手がありましたね。では失礼します」

僕はもう一度、跳び箱の蓋をがぱっと開いた。

「ちょ、ちょっと！　きゃっ！」

薄い裸身が現れる。僕はその体に手を伸ばした。

5

体育倉庫から出て「猫がまぎれていました」と体育教師に告げ、外に出た。特に咎《とが》められることはなかった。こういう局面では日頃の行いがモノを言うのだ。

僕はあの後、体育倉庫にてナギさんの肩に触れて魔力を流した。すると、彼女はぽん、と猫の姿に戻ったのだった。

「魔力切れだったようですね。触れてわかりましたが、魔力がきちんと集められていません。あんまり僕から離れないほうがいいでしょう」

体育倉庫の裏、階段に座って猫のナギさんに語りかけた。そもそも魔力とは何か、魔法で助けたことも伝えていなかったので彼女が理解できているかは怪しかったが、猫はふん、と鼻を鳴らして答えた。

しかし、魔力切れ。彼女の体には魔力が廻《まわ》ってしまっていた。

口の中に嫌な味が広がる。一般人に魔力を流してしまった。それは、魔法使いにおける禁忌である。師匠に迷惑をかけてしまうだろうか、と気持ちが否応《いやおう》なく暗くなる。しかし、『魔物』になっていないだけマシだと切り替えることにした。

「に〜……にゃっ」

ナギさんは猫目を細め、いまだ僕を疑《うたぐ》り深《ぶか》く見つめていた。

「おいシズキー。やっぱそいつを隠してたんじゃねぇか」

先ほどの男子生徒が後ろから僕に声をかけてきた。僕がどう答えたものか、と考えていると、さらに男子生徒は重ねて「その猫触っていい？」と体を寄せてきたので、「彼女に聞いてください」とこたえた。

ナギさんはすっと距離をとって逃げ出した。しかし人間に戻ったらまずいと思ったのか、僕の腰あたりにぴったりくっつく姿勢になった。

「なんでぇ、随分シズキは気にいられてんな……なぁ、コイツに名前とかあんの？」

「ナギです」

「にゃっ！」

背中を引っかかれた。つい本当のことを言ってしまった。

「へぇ、家入《いえいり》さんと同じ名前じゃん。オジョーサマとおんなじ名前なんかーお前？　確かに、よく見ると似てる気がするな……気難しそうなところとかな！　孤高なカンジするわー、てか見れば見るほど似てんなー」

彼はへへっと笑い、猫に向けて指先を寄せた。ナギさんはするすると逃げた。

なるほど、孤高で気難しそう。確かに家入ナギをそう言う人もいるだろう、と妙に冷静に思った。しかしそれを本人の前で言うのは……いや彼も悪気があるわけではないのだが、ナギさんに申し訳ない気持ちになった。

気難しそうな黒猫も、ふん、と少し機嫌が悪そうであった。

6

結局その後は特に何も起こらず、僕は帰り道をただ歩いた。殆《ほとん》どの学生は学生らしく各々の部活やバイトに精を出すようで、蜘蛛《くも》の子を散らすようにそれぞれの居場所へ向かっていった。僕は部活にも委員会にも属していないのでただ帰るだけだ。

我が雲雀《ひばり》高校の部活動は強制ではないが、ほとんどの生徒が部活動か委員会に属している。僕自身何度か部活には誘われたが、一人暮らしを言い訳に断ってきた。

僕はどうにも部活というものには苦手意識がある。明るいのも楽しいのも人と話すのも好きなつもりなのだけど、部活動だけは違和感が拭えない。集団で何かを目指し、輝かしい結果をつかみ取る。メンバー一人一人のお陰で成し遂げられる達成。得るトロフィー。

その全てがむず痒《がゆ》い。嘘《うそ》っぽい。

運動部から文化部までありとあらゆる部活へ仮入部をし、言い訳片手にへらへら逃走を繰り返した。代わりに僕には魔法がある。そう開き直った挙句、魔法でクラスメイトを猫化させているようでは世話ないものだ。

猫のナギさんはすうすうと僕の腕の中で眠っている。鞄《かばん》はびりびりに破けたので、代わりに両腕を組んでナギさんを上に乗せている。彼女の温かみを腕で感じながら、僕は帰路へついた。


ゆっくりと猫を起こさないように二五分は歩いて、僕のアパートまで帰って来た。

がらんどうの四畳半。畳の上に猫を下ろすと、目を覚ました彼女はにぃにぃと鳴いた。

あんまり見ないようにします、と前置きをして彼女の魔力を吸った。そうするとずどん、と重みのある音が部屋に響いた。僕はそっぽを向いた。

「その下着と服を着たら教えてください」

僕はあらかじめ彼女の服を用意してから人間に戻した。あまりにも紳士的すぎる対応であった。

「あ、ありがとう……なんで女物下着持ってるの……？　しかもHカップ用……な、なんかセクシーな感じに穴が開いてる……？」

僕なりの紳士的対応は彼女の声を震わせるだけだった。絶対誤解されてる。

「それは僕の師匠のおさがりで、僕にいつも買わせてくるので余りがあっただけです。気にすることはありませんよ」

「私が気にすることは気にしてくれないのね……」

ナギさんは小声に恥じらいと躊躇《ためら》いを滲《にじ》ませて呟《つぶや》いた。それからごそごそと音が鳴って、シショウって誰、男に下着を買わせるなんて、とブツブツ言いながらも彼女は服を着てくれた。

もういいわよ、の声で振り向くと、男物のズボンとシャツを着こなしたナギさんがむすっとした表情で座っていた。床には渡したはずの師匠のブラジャーが落ちていた。

「……言っておくけどつけてるわよ？　キャミソールの方をお借りしたわ。それでもちょっとサイズが、合わないけれど」

胸元をかるく押さえながらナギさんは言った。

「……私が小さいわけではないわよ？」

「何も言ってませんよ」

少しぶかぶかの胸元に向かいそうな目を、ぎりぎり、なんとか、強い意志で僕は押さえつけて彼女の瞳を見つめた。彼女は僕を試すように半目で睨《にら》んでいた。

お互いがお互いの瞳を見つめているのも変な気がして、僕は先に口を開いた。

「……改めて、斬桐《きりとう》シズキです」

「家入《いえいり》ナギ。……助けてくれてありがとう」

二人向き合ってお見合いみたいな恰好《かっこう》で軽く頭を下げた。四畳半では色気も何もない。

ナギさんはありがとうという言葉と裏腹に、露骨な警戒心を僕に向けている。わけのわからない状況、肌を不本意に晒《さら》した経緯を考えれば当然の反応だった。

「……さっき、体育倉庫で私の裸、見たのよね」

「あぁそれはもうばっちり」

「～……！　忘れて、もらえる？」

赤くなって軽く視線を外し、自分の体を抱きしめながらナギさんは言った。

よく考えたら「ばっちり見た」とか言ってはいけない流れだった。僕は割とそういうお約束を無視してしまうから良くない。良くないとは思うけれど、直せるかはわからない。

「善処します」

「ええと、家入さん」

「ナギでいいわ」

なんてことないように、赤さの残る頬《ほお》をそのままに彼女は髪を軽くかきあげた。

「ではナギさんと呼ばせてもらいます」

「いいわ。私もシズキくんって呼ぶわね」

そういえば、ほぼ話したことがないのに体育倉庫時点で僕のことを「シズキくん」と呼んでいたことを思い出した。ナギさんはクールというか人を突き放している印象があったから、名前にくん付けとは多少意外であった。

「色々聞きたいのだけど……何から聞けばいいのかしらね」

ナギさんは頭に手をあてて、疲れたとでも言いたげに目を瞑《つぶ》った。

「なら僕から聞いてもいいでしょうか。スリーサイズなど」

「……私はいったいなぜ猫になっていたの？」

僕のジョークを完全にスルーしてナギさんは少し強い口調で言った。

「そうですね、それは魔法によるものです」

「魔法？　……あの、『アバダケダブラ』とか『ビビデバビデブー』みたいな？」

ナギさんは少し前のめりになった。アバダ、ビビ？　って何だろう。

「あー、多分それです。ファンタジーにある感じの」

「え、本当？　本物？　うそ、使えるの？　見せてくれるの？」

急にナギさんは機嫌を戻したのか、僕の予想を上回るテンションで反応した。魔法、と聞けばそれぐらい期待するものである気持ちはわかるが、これから伝えることを思えばあまり呑気《のんき》にはしていられなかった。

「……見せるのは、ちょっと危ないですね。使う場所は選んだ方がいいです」

「なぜ？　魔法はやはり隠さないといけないのかしら？　私が民間人だから？　高貴な血の確執がやはりあるの？　それとも一二時を過ぎるとダメなんて制限があるのかしら？　もしかしてエーテルやマナが足りなかった？　あっ、私五大属性の中なら土属性がいいわ！」

興奮気味にナギさんは前のめりになった。五大属性って何だ。僕は雰囲気で頷《うなず》いた。

「……そこらへんを説明するためには、千歌《ちか》さんの下に向かう方がいいでしょう。もしナギさんさえ良ければ根城に行きませんか」

魔法のことと、ナギさんの身に起きたこと、ナギさんを猫にならないようにする方法、そしてナギさんの命に関わる問題。積みあがってしまった課題を解決するには、僕の師匠たる千歌さんの手を借りるしかないだろう。僕は膝を払って立ち上がった。

「根城？　もしかしてホグワーツ？　それとも不思議の国があるの？」

「あー、多分？　そんな感じですよはい」

「行くわ！」

ナギさんは目を輝かせて答えた。物静かだと思っていた子は、案外ノリが良かった。

7

安アパートの一室から学生二人で出ると近隣住民に何か勘違いをされるのではないかと少しどきどきする。そんな廃れた青春の一幕を感じながら、魔法について教えられる場所に僕らは向かっていた。

「そういえばさっき、チカさん？　と言っていたけれど、お母さんではないわよね？　ご両親はいらっしゃるのかしら？」

「両親は居ませんね。僕もよくわからないんですけど居ないらしいです」

「えっ……？　それは、……ごめんなさい、雑談のつもりで」

ナギさんは肩をすぼめた。腫れ物に触れたかのような振舞いだったけど、こちらとしては無いものについてどうこう言っても仕方ないだけだ。そう説明しようか迷って、

「といっても代わりに千歌さんが居ますから大変な感じではないですよ。彼女は母ではありませんが、母みたいなものです」と、明るく言った。

「ふぅん……って、スルーしかけたけれど母みたいな存在って何かしら……？」

「この世には、母になってくれるかもしれない女性が大勢居るということです」

「まさか、シズキくん、今はママ的な活動を……？」

「ふふっ」

意味深に微笑《ほほえ》んでみた。

ナギさんは深くショックを受けたかのように眉を大きくハの字にして、その次には口元

に手をあててブツブツ何かを言い始めた。

「……でも、そうね……確かにシズキくんのような落ち着いた、ある種超然とした『初恋の男子』系の年下を可愛《かわい》がりたいという女性は少なからず居そうね……」

「そこまで分析されても困ります」

ママ的な活動はしていなかった。もちろんパパ的な活動も。あんまりボケすぎたので誤解を解くのに少し時間がかかった。


「それで、どこまで行くのかしら?」

道すがら、学生鞄《かばん》一つ分ほど開けた距離を歩くナギさんは、体を前に傾け訊《き》いてきた。

「ママもとい、その千歌《ちか》さんが居るところが少々特殊なのです」

ママとか言わないで、とナギさんはすぐ僕の言葉を窘《たしな》めてくれる。良いツッコミで僕は嬉《うれ》しかった。

「で、どんな風に特殊なの? ウサギを追うの? それともカボチャの馬車? もしかして駅の柱に突っ込むとすり抜けて魔法の駅に行ける『9と3／4』番線のようなもの? ……ってごめんなさい、『ハリポタ』の喩《たと》えはわかるかしら?」

「あー……駅っていうのは正しいですね、はい、もう、それです」

捲《まく》し立ててくる彼女に対し、僕はサムズアップした。さっきからノリで応えてはいたけれど、あまり『ハリポタ』のことは詳しくないのだ。メガネ光ってる主人公が両手で杖《つえ》を持ってなんかビームを出すことぐらいしか知らない。

あんまり、気楽に魔法を使う創作物は好きではないのだ。魔法の当事者からすると。

「それでどの駅から行くの？　何番のホームで何線？」

「交番の裏で下水栓からですね」

「え？」

ナギさんは目をしばたたかせた。

「マンホールから行きましょう。千歌さんが住んでいるのは、駅は駅でも廃駅です」

8

最寄り駅の青銅《せいどう》駅は二度の改修をし、今は美しい景観と商業施設を手に入れている。だが過去には上へ下への大改修が行われ、業者がてんやわんやの大騒ぎであった。

特に深刻だったのは騒音問題。近隣住民の訴えにより工事は中断、作りかけのホームは廃棄され、数十メートル離れた場所に今度は駅舎ごと立て直された。そんな経緯で僕らの街の地下には、ひっそりと使われなくなったホームがそのまま捨て置かれている。

そんな場所があればホームレス何某《なにがし》のたまり場になるのだろうが、そこにたまったのはたったの一人だけであった。

「それが、僕の師匠です」

「『住んでいる』と言った？　廃駅の話よね？」

「人間は雨風を凌《しの》いで足を伸ばして寝られれば、意外と生きられるみたいです」

普通の駅、改札を出て徒歩五分。交番の裏道を征《ゆ》き、カフェと商業ビルの狭間《はざま》の路地のマンホールの蓋を僕は持ち上げた。ここだけは開いている秘密の扉。「ここから入れますよ」と僕はナギさんの手を引いてマンホールに入った。

エスコートする立場としてマンホールを先に降りて行かなければならない。上から来るナギさんを気遣わなければならないが、見上げれば三枚入り一〇〇〇円のセールパンツが見えてしまう。はて、難しい問題だ。悩んだ結果、僕は上を見ないようにしつつマンホールを降りていった。


下までたどり着くと、暗がりの中で靴の先が水に触れた。暗がりの中に白い波紋が床に広がる。慣れ親しんだ生ごみ臭の通路の床は足下が悪い。上から降りてきたナギさんの手を引いて水たまりを避《よ》けさせ、それから通路を進み始めた。

「……こんなところで変なことしない？　嫌よ、お尻触ったらその時点で舌を噛《か》み切るから。何か運んだりもしないわよ？　手羽先みたいな形の黒い金属とか」

「何もしませんし、させません」

「嘘《うそ》よっ、私のこういう時の直感は当たるの……悪い予感はいつも現実になるんだから」

「じゃ良い予感をしましょう」

「それは妄想って呼ぶでしょ？」

やたら不安を露《あら》わにして僕から離れようとするナギさんだったけれど、半分無視して進むと、少し距離をあけてついてきた。つかず離れずで僕らは水路の横を歩き、小さな虫のたかる電光の下の扉をくぐり、崩れそうな階段を通り、目的地にたどり着いた。

「……わぁ」

ナギさんは廃駅のホームを見て、小さく声を上げた。幻想的な風景を前に緊張は一気にほぐれたようで、口角をわずかに上げて期待を滲《にじ》ませている。

廃駅は線路部分に川が流れている。ひんやりとした空気と静かな水の音。苔《こけ》むしたコンクリートの無機質さと、隙間から生える雑草。切れかけの小さな蛍光灯と遠くのトンネル出口から広がる光が、この場所に僅かなミステリアスさを醸しだしていた。瓦礫《がれき》や置いて行かれたままの青シートや、「A2出口こちら」と矢印をさす看板やらが散らばっているのを避けながら僕は歩いた。ナギさんも足下に視線を向けスキップするようについてきている。

「たまには妄想もしてみるものでしょう」

「思ったより寒くないわね」

「それは魔法の力ですね。エアコンをつけるより見た目がいい程度のメリットですが」

「本当に魔法なのね？　……ちょっとどきどきしてきたわ」

胸の前で華奢《きやしや》な指を交差させるナギさん。そんな彼女を横目に歩くと、廃駅にぽつんと置かれたキオスクが目に入った。

駅のホームにある小型販売店、キオスクは本来の役割であるお弁当や飲み物の販売を忘れて、今は彼女の居場所になっていた。


「お邪魔します。千歌《ちか》さん、生きていますか」

僕は足下の鉄フレームを乗り越え、狭い室内に足を踏み入れた。ダンボールが壁に貼られた店の中には、本やビールのケースや水の入ったペットボトルが散乱している。壁際には、けばけばの毛布と寝具類が芋虫のように丸まっており、そこから長い紫髪が出ていた。

「んごごご……んごっ、ぐぅ……」

その寝具の芋虫こそが、千歌さんだった。

「千歌さん。千歌さん。……師匠！」

「んがっ、なんだね、魔法使いの弟子よ……むにゃむにゃ」

「起きてください。夕方には起きたいっていつも言ってるじゃないですか」

「んんぅ……明日の夕方から頑張るよぉ」

一度動いた紫髪から一瞬深い赤色の瞳が覗《のぞ》き、また布団に帰っていった。

「実は世の中の人間は朝から頑張っているらしいですよ、千歌さん」

「むにゃむにゃ」

「むにゃむにゃで誤魔化《ごまか》さないでください。息で髪動いてますよ」

「すぴぃ……すぅ……」

「寝息まで綺麗《きれい》になりましたね、睡眠時無呼吸症候群の設定はどこにいったんですか」

「あーうるさいなぁ。起きる。起きた。ほら、起きてる……」

「まだ毛布に顔突っ込んでますよ」

隣のナギさんをちらと見ると、突如現れた謎の引きこもり女性に混乱しているようで、一歩後ずさり両腕を組んでいた。まずい、帰りたそうな目してる。

「千歌さん。今日はお客さんがいるんですよ」

「お客さん？　出前のことかい？」

「千歌さんに出前を頼むお金はないでしょう、ほら起きて」

「えぇ？　でもぉ、友人アピする割に奥手で秘密主義のシズキが誰か連れて来るわけな
……どっひゃあ！」

千歌さんはやっと顔を上げて、ナギさんを見るとひっくり返って、頭からまたそのまま

毛布にくるまった。頭隠して尻隠さずのスタイルだった。

「ほらお客さんが見てますよ。パンツを隠してください。間違えました、毛布から出ているそのお尻をしまってください」

「やだなぁお尻は締まってるよ、まだ若いんだからぁ」

「若いんならそんな堕落した姿を見せないでください」

「堕落しているんじゃないんだよ、足るを知っているんだよ……」

毛布にしがみつく千歌《ちか》さんから怠惰の元を奪おうと引っ張る。やっと千歌さんは半分起き上がった。

「んあー……そんな無理に起こさないでよ」

千歌さんは頭を掻《か》いた。彼女の紫髪は室内のあちこちに広がり、白いタンクトップは豊満すぎるバストによって激しく陰影がつけられている。瞳はとろんとだらしなく傾《かし》げられており、透き通った顔立ち同様に白くシミのない肌が暗がりに浮かんでいた。

千歌さんは出口付近のナギさんをちらと見た。いひひ、と小さく笑い、ハリネズミのように注意深く身をかがめた。ナギさんは口元を歪《ゆが》ませた。

「やー、恥ずかしいなぁ、こんな、三十路《みそじ》近いお姉さんが若い子といちゃこら話すのを楽しんでいる姿を見られるのはよぉ」

「もっと恥ずかしがるべき場所があります。さっきひっくり返った時乳輪見えてましたよ」

「えっ、本当！　シズキ意外とそういうトコチェックしてんの！」

「嬉《うれ》しそうにしないでください」

千歌《ちか》さんは寝ぐせの酷《ひど》い紫髪と肩を揺らしていた。美しい顔を台無しにするだらしない恰好《かっこう》のまま、やや真面目な風な顔になって顎に手を当てた。

「ん、で。あー　えー……マジの部外者なのぉ？　あんまりボケてる場合じゃなかった？」

「そうですね、僕が言えた立場ではありませんが、まずいです」

千歌さんはナギさんを品定めするように顎を斜めに上げた。それから視線を厳しくして、咳払《せきばら》いした。

「ワーオ……んぇゴホン。あー、キミ、名前は何というのかね？　お姉さんに聞かせてみなさい。大丈夫、オネサン手相見るだけだからねぇ、甘栗《あまぐり》食べる？」

「えっ、私……甘栗……？　帰っていいですか……？」

「中華街にいる怪しい占い師の真似《まね》とか要らないんで」

千歌さんの意味不明なコミュニケーションは彼女なりの対人防衛反応である。いわば通過儀礼なのだけど、やはり初対面の人間に見せるものではない。汚物を見るが如《ごと》き視線の女子高生と、へらへら笑う実年齢不詳女性の組み合わせはあまりに犯罪的だった。

「シ、シズキくん、この人大丈夫なの？　魔法の説明に関係あるの？」

「社会への適性を除けば全然平気です」

「さっきからもごもご呟《つぶや》いている甘栗って何？」

「千歌さんの言葉は半分以上受け流してまだ無駄があるほどですので、適当に聞いてください。サメ映画みたいな会話しかできない人なんです」

「んで、ドウ？　ドウ？　キミハダレダイ？」

千歌さんはまた毛布を頭に被《かぶ》って、顔を半分暗くして手招きした。千歌さんの整った顔だから雰囲気は出ているけれど、ぼさぼさの髪と下着姿のせいか引きこもりがゲームに誘っているようにしか見えなかった。

「……えー、私は家入《いえいり》ナギと申します。シズキくんとは……えーっと……あまり話したこともないです……それに友達でもないので、……裸だけ晒《さら》した関係のようなものです」

嫌悪感を目元に深く滲《にじ》ませたナギさんは、両手を交差させたまま僕の方をジト目で見た。まだ裸を見た件も怒っていたらしい。僕は目を逸《そ》らした。

「うわ〜その件ツッコミてぇ〜、けど……んんっ。シズキに愛想つかされそうだし、そろそろ甘栗やめるかぁ」

やっと目が覚めたのか千歌さんは咳払いを一つして、紫髪を振って瞳を緋色《ひいろ》に輝かせた。

「……んんなぁるほど。魔法、憑《つ》いたね？」

僕は静かに頷《うなず》いた。

それから千歌さんにこれまでの経緯を説明した。ナギさんが撥《は》ねられたこと、猫になった流れと現状、魔力を宿していること。それらを話し終えると、千歌《ちか》さんは腕を組んでうんうんと唸《うな》り出した。

「ふむ……あー、そうかぁ……いや、うん……いやぁやっぱそういうパターンかぁ」

僕は一通り説明を終えた疲れからビールケースの上にすとんと座った。ナギさんもその隣になぜかある、バー風の丸椅子に腰かけた。

「あの、シズキくん……結局私はなぜここに連れて来られたの？　あの人……チカサン？って人は何者なの？」

「私が説明するよぉ、若人。私の名前は千歌二絵《にかい》。『千の歌、二つの絵』で千歌二絵！風の吹くままさすらいの、言わずと知れた『忘却の魔女』！　あとそっちのシズキの師匠やってまーす師匠ってぜひとも呼んでねぇ呼ばれると嬉《うれ》しいなぁ。好きな魔法は忘却魔法、嫌いな魔法はサブスク契約だよぉよろしくねぇ」

千歌さんは魔法で懐から取り出した酒瓶を振りながら言った。ナギさんはテンションについていけないのか「変な名前……」と小声で呟《つぶや》き、それから千歌さんに向かい居直った。

「あの、本当に魔法使いなんですね？　私が助けられたのも、猫になったのも本当に魔法なのね？　魔法ってどういうものかしら？」

「ん？　魔法は魔法だよ。ハリポタとか知ってる？　ディズ〇ーでもいいけど、今の子って見ない？」

「見てます！」

「うん。じゃそれでいいや」

そう言って千歌さんは瓶を呷《あお》った。ナギさんは眉をひそめた。

「えぇと……わからないことばっかりです。私がここに連れて来られたのはなぜ？　やっぱりいやらしいことをするために……」

「……僕が説明します」

僕は瓶を口の上で振って水滴を口に入れる千歌さんと、そこはかとなく不信感に満ちた表情のナギさんの間に割って入った。

「まず、魔法というのは……魔法といっても万能ではなく、魔力は精霊との契約によって行われるのです。それが魔法と魔物に関わっていて……まぁそこらへんはおいといて、とにかく大事なことだけかいつまんで言うと」

僕は、自分の言おうとしている内容を覚悟し、唾をのんでから言葉を発した。

「このままだと、僕はナギさんを消さざるを得ません」

9

さすがに説明不足もいいところで、ナギさんはやや頭を傾けてぽかんとしていたので、僕は続けて言葉を探した。

「僕らの行使する『魔法』はいわゆる概念やファンタジーとしての『魔法』と基本的に同じものなのですが、それらと比べて、実際はデメリットがあります。魔法は人を魔物にするんです」

「魔物というのは……いわゆる『魔物』？　ファンタジーに出てくるような……」

「そう考えて大丈夫です。魔力を媒介とした精霊による乗っ取り……人間が人間でなくなる、というだけです。魔法は危険な力ですから。

魔法を使えば、対象に魔力が宿ります。そうして魔力を持つ者、宿らされた者は、大体一七歳までに魔力を操れるようになる必要があります。魔力を宿しており、かつ魔法を使えない一八歳以上は魔物化します。大人になってから魔法使いになることはできない、と古《いにしえ》からの定めがあるんです。これからナギさんは魔法が使えるようになれば魔法使いになり、できなければ魔物になります」

「……はぁ」

ナギさんはよくわかっていないのか、腕を組んで僅かに斜め上を見た。しかし魔法が何かを示しにくい以上、仕方のない反応かもしれない……一応インパクト重視で伝えたつもりなのだけど。

「ナギさん、何月生まれですか？」

「四月生まれってことになってるわ」

現在高校二年の十月。誕生日まであと半年しかないとなると……。

「では、タイムリミットはあと六か月程度ですね……」

「それで？　魔物はどうなるのかしら？」

僕は息が詰まる思いだったけれど、ナギさん自身はさして気にした様子もなく平然と訊《たず》ねてきた。

「……僕が倒します」

僕は魔物を倒すのが役割である。昼は学生、夜は魔物ハンターというわけだ。言葉のカッコよさに反して実態は夜勤のようなものである。

「……まさか副業で魔物を狩る同級生がいると思わなかったわ。武器は何を使うの？」

「魔法ですって。強いて言うなら杖《つえ》は使えますけど大抵素手です」

「そう……とにかく、魔法は危険な力で、魔法を浴びた私は魔法使いにならなければならない。なれなければ私は消される。期限は半年……ということで間違いないかしら？」

ナギさんは要点だけを上手《うま》くまとめた。勉強ができるタイプだ。しかし口をやや尖《とが》らせ視線を数度壁に逸《そ》らす彼女は引いているのでもなく緊張しているのでもなく、不自然さのある態度のように見えた。

「そうですね。ですので、これから魔法の練習を頑張りましょう」

「ん、そうね。わかったわ。伝えたいことはそれだけ？」

「え、まぁ」

そ、と彼女は頷《うなず》いた。明日のお天気でも聞いたかのような反応だった。といっても魔物が何かもわからない現状、この反応は仕方ないのかもしれない。いつか地球が滅亡すると言われることと、魔物とやらになると言われることは大差ない。

ナギさんは髪をくるくると弄《いじ》っている。今僕は彼女に対して寿命を伝えたに等しいのだけど、彼女は軽くあくびをする余裕まである。僕は「魔法使いになるのがいかに難しいか」を説明しようとして……これ以上不安を煽《あお》っても仕方がないと思い直し、もう一つの用事を済ませることにした。

「千歌《ちか》さん、ナギさんに『猫の魔法』がかかってしまっているのですが、解けそうですか？　今日はそれも見てもらおうと思っていたんです」

「言われるまでもなくさっき見たよ、『猫』かかってんなー、って。でもこりゃ無理だね。使ったのは『苗の魔法』かい？　『苗の魔法』と『猫の魔法』がよくな～い感じに絡み合っちゃってるねぇ。破壊魔法ばっかりのシズキにしてはよく助けたと思うけど、しばらくは魔力のコントロールが利かなくなるたびに猫にニャらざるを得ないかなぁ」

千歌さんは飛び跳ねた髪先に埃《ほこり》をつけたまま、「にゃ～」と爪を立てて猫の真似《まね》をした。

「それは困るわ！　また猫になるの……？　毎日？　それじゃあもし、例えば電車の中で猫になりでもしたら……」

「だーじょぶ、大丈夫。そのためにコレがいるんだから」

千歌さんは真っすぐ僕の方を指さした。僕は後ろを向くけれど、何もなかった。

「何後ろ向いてんの。シズキが魔法をかけたんだから、解けるまで一蓮托生《いちれんたくしょう》だよ」

「マジですか」

「というか半年しかないんでしょ？　シズキがつきっきりで魔法を教えてあげないと」

「千歌さんは……師匠的に助けたりは？」

「手伝うよ。でも……家入《いえいり》、ナギちゃんでしょ？」

千歌さんは意味深に苗字《みょうじ》と名前を区切って話し、それから口をすぼめて酸っぱいものを食べた後のような顔をした。

「うーん、まぁ、ちょっと色々気になって。できたら手伝う」

「できたら、って……千歌さんが含みを持たせた時にやったためしがありません」

「いやいや善処するって。前向きに検討を重ねるよ」

一ミリも期待できそうにない答えだった。千歌さんは政治家がテレビで見せる程度に申し訳なさそうな顔はしていた。

「まさかシズキだって、魔法をかける意味が解《わか》ってなかったわけでもあるまいにぃ」

「……それを言われると弱りますけれど」

後ろ髪をがしがしと掻《か》いた。千歌《ちか》さんに言われるまでもなく、わかっている。

魔法を人にかけるということは、その人の人生すら背負いうることだ。

「な、なんだか予想外に大変そうなのね……。私のためにそこまでしなくていいのよ？雰囲気で深刻そうなのはわかるのだけど、いまいち私にはわからないわ。半年で魔法を使えればいいのでしょう？」

「魔法一家に生まれて一八年魔法を使えない子とかもいるからねぇ、サイノーに由《よ》るけど」

千歌さんは苔《こけ》むした壁に頭を預けた。彼女は才能に恵まれた魔女だから、髪が汚れることも気にしないようだった。

「……そういうことです。魔法は結局反復練習と直感が重要ですから、ここ半年はつきっきりで魔法の練習になると思います。さもなければ寿命が決まったようなものです。ともかく、半年は何でも手伝います。遠慮も建前も要りませんよ」

「あ～……うん、ありがとう」

ナギさんは自分の髪先を流し目で見ながら、まさしく困惑した様子で唸《うな》っていた。

「すいません、迷惑ですよね。ですが真剣なので、できるだけ遠慮しないでもらえると」

「大丈夫。確かにちょっと迷惑だとは思っているし、遠慮もしていないわ。あまり、思ったことはすぐ喋《しゃべ》らないようにしているだけなの。その……魔法なんて名前のくせして色々面倒《めんど》そうだなって憂鬱になっていただけで」

「正直すぎる」

ほんのり気だるそうに体を斜めにして髪を弄《いじ》るナギさんだった。なるほど、急激なテンションの下がりようは魔法に期待していた分、面倒な実態を知って落胆していたらしい。

「……ま、そういう役割もあるわよね」

ナギさんは自分に言い聞かせるように小さく呟《つぶや》き、姿勢を正した。

「……面倒だなんてごめんなさい、本当は私がお礼を言う立場だものね？ 改めて、私の命を助けてくれてありがとう、シズキくん。これから迷惑をかけるでしょうけれど、よろしくね？」

ナギさんは小首を傾《かし》げてはにかんだ。

「こちらこそ。厄介事を背負わせてすいません。よろしくお願いします」

僕から手を伸ばすと、しずしずとナギさんは僕の手を取った。華奢《きやしや》な冷たい手。甘酸っぱさの欠片《かけら》もない、さっぱりした友好の儀式だった。

ナギさんは挨拶を済ませるや否や、門限が近かったのかすぐに帰ろうとしたので、僕はナギさんをマンホールの所まで見送った。マンホールを登って出たあたりで「ここまでで大丈夫よ。あと、これからは私が先にマンホールを降りるわ」と意味深な言葉を残して風のように去っていった。

一回ぐらい見ておけばよかった。

10

翌朝。出掛け支度をいつもより早く済ませ僕は目的地へと向かった。光の弱い朝の道を走り、学校を通りすぎ、住宅街を駆け、いつかナギさんが撥《は》ねられた十字路へ向かった。通行量と音の多い朝、僕は背中を十字路の石塀に預けて目を閉じた。

「……おはよう。待っていたの？」

目を開けると、冬用の制服に身を包んだナギさんが凛《りん》と立っていた。

「おはようございます。制服似合ってますね。荷物、持ちましょうか？」

僕は「今日は服を着ているんですね」とカマした挨拶をするか一瞬迷って、無難な挨拶をした。長い黒髪に切れ長の冷ややかな顔だちが、学校指定の柔らかいシルエットの冬服によって少し優しく見えた。

「……自分で持つわ。執事か何かのつもり？　そういう面倒なのいいから、いくわよ」

ナギさんは教科書類を入れた重たそうな鞄《かばん》を肘にかけ直し、少し勢いをつけながら学校への道を向いた。僕もスペアの鞄を肩にかけ、彼女に手を差し伸ばした。

「では手をつなぎましょう」

「ちょっ……！　なっ、なんのつもり！」

彼女は美しい黒髪が乱れる勢いで飛びのいた。猫っぽい動きだった。

「……そんな飛びのかなくても。僕がなんでここに居ると思っているんですか？」

「軟派な男子だから……」

「僕ほど硬派な漢《おとこ》も居ません。ではなくて、ナギさんまた猫になりますよ。魔力を宿した素人を放っておけば魔法が暴走して手が付けられなくなります。ナギさんもまたモフられたくないでしょう」

ナギさんは僕の手を虫か何かのように思っているようだけど、彼女の魔力の乱れを管理するには手をつなぐしかない。風に吹かれ冷たくなってきた手を彼女の前に出し続けた。

「たしかに尻尾を掴《つか》まれるのって本ッ当に気持ち悪かったけど……じゃなくて、それでどうして、て、て、手をつなぐのよ！」

「安全のためです。ナギさんを人間から猫にした時、僕が触れていたでしょう？　触れていれば魔力はコントロールできます。つまり、猫になりそうになってもすぐに人間に戻せます」

僕の行為は下心によるものではなかったのだが、ナギさんはそう思わなかったらしい。

僕の手を指さし、恥じらいを含んだ瞳で僕を睨《にら》んだ。

「なら、なおさら危険じゃない！　言っておくけれどね、シズキくん、私あなたのこと全然信頼してなんかいないのよ？　その話だと、シズキくんの勝手で猫にしたり人間にしたりできるのでしょう？　なら……悪用するに決まっているじゃない！　人間から猫に適当な場所で戻して、それでしれっとするのでしょう？　『すいません、つい手が』なんて……許せないわ、ちょっとクラスで立場があるからって調子に乗らないで欲しいわ、今の私を舐《な》めないでよね？　本気を出したら、シズキくんなんてどうとでもできるのだから。本当よ？　もう一度言うけど全然信頼なんてしてな……」

僕はつい呆気《あっけ》にとられた。急に彼女が元気になったことにもだけど、そんな悪戯《いたずら》は本当に思いつかなかった。それから少しして、笑いが込み上げてきた。ナギさんはまだ語っていたけれど、笑う僕に目を向けると頰《ほお》を膨らませた。

「……な、何笑っているの！　真面目な話よ？」

「いえ、すいません……ナギさんは思ったより……その、ハツラツだなと思ってしまって。つい面白くなってしまいました。そんなことしませんよ」

ナギさんはかあぁ、とでも効果音がつきそうな風に頰を赤らめ、逆に僕の方を正面から見据えてきた。

「……悪い？　饒舌《じょうぜつ》なことぐらい、私にだってあるわ」

何か文句でも？　と言いたげな真一文字の口が逆に子供っぽかった。

「いいえ、むしろ明るい方が僕はいいと思いますよ」

「一般論かしら？」

「性癖です」

ナギさんの華奢《きゃしゃ》な肩から力が抜けた。

「…………そこはせめて『持論』であってほしかったわ」

「冗談です」

「でしょうね。シズキくんは、逆に落ち着いた方がいいと思うわよ」

ナギさんは道端のゴミでも見るような目で僕に言った。「そうですね」と僕は答えた。

こんな風に話せるのなら学校でもそうすればいいのに、と思った。何か静かにしなければならない理由でもあるのか？　そう考えてから、この考え方が厚かましいものだとも思った。何も明るく在ることが正しいわけではない。

「……はぁ。朝から疲れさせないで。なにじっと見てるの。そろそろ行きましょ」

ナギさんは急にすん、と嘲りも恥じらいもない顔に戻ってしまった。一瞬の豹変《ひょうへん》。演技派の元子役だというのは間違いないらしい。

「はい。ではこの他意のない手を取ってください」

僕が手を腰の下で伸ばすと、ナギさんは触れるたびにびくびく拒みながらも、控え目に指先を絡めてきた。

「……ッ、〜〜〜……じゃあ、校門の前、の前の前の前ぐらいまで……手をつなぐならそこまでよ……それ以上は無理よ。あとは、シズキくんがなんとかして」

……どこまでだろう？　と思うけれど、ナギさんが耳まで真っ赤だったので尋ねるのはやめておいた。

「では失礼して。役得ですね、こうして手つなぎラブラブ登校できるのは」

「〰〰!!　馬鹿っ！」

「いでででで」

つい余計なことを言わずにいられないのが僕の悪い癖のようで、手の甲にナギさんの爪が食い込んだ。その日、僕はペンを握ることに苦労することになりそうだった。

11

ナギさんの宣言通り、僕らは校門から少し離れたところで手を放して別れた。学校でもそのまま話せればいいのだけど、空気を読まない僕でも限度はある。僕はいつも通りクラスメイトに軽く手を上げ会話に混ざった。

皆はそれぞれの居場所の話をしていた。僕は相槌《あいづち》をうつ。バイトの先の主婦が使えないやら、部活の先輩の恋愛に巻き込まれて面倒だやら。たまには自分のことも話した方がいいのだろうか、と思うぐらいに聞き手一辺倒だけど今の所は問題ないらしい。

そんな風に会話の嵐に揉《も》まれる僕ができるのは、せいぜい本を読むナギさんの華奢《きゃしゃ》な背中を眺めるぐらいだった。

学校は学校らしく何も起きずに進み、迎えた昼休み。僕は自分で作ったお弁当をわざわざ学食で食べるために教室の扉を開けた。

「あら」

「あ、すいません」

教室の扉の前に居たのはナギさんだった。手をハンカチで拭いている。少し僕より低い身長の彼女は、僕を見上げるようにして切れ長の瞳を鋭く向けてきた。

「ちょうどよかったです、その、具合は」

僕は声をかけるけれど、ナギさんはいかにも不機嫌そうに眉をひそめた。

「……あまり話しかけないで。私、シズキくんと話すことなんてないわ。それとも同情？　私が一人だからって……」

むすっと、彼女は朝よりも不機嫌そうに目元に殺意を携えていた。

「同情なんて……すいません何の話ですか？　正直全然していませんが、それより体がムズムズしたりしませんか。魔法発露の予兆というのはわかりやすいもので」

僕が話している途中、ナギさんは脇をすり抜けて教室に入ろうとした。

「待ってください」

　そこで、つい僕は彼女の腕を掴《つか》んでしまった。朝は平気だったから大丈夫だろう、と。

「きゃっ⁉」

「あ、つい」

　とっさに掴んだ腕を……そのまま放せなくなった。なぜならナギさんの肌の周りに青白い光が集まり始め、浮き上がるようにナギさんの黒髪が持ち上がり……。

「熱っ！」

　ナギさんの手が、燃えるように熱くなった。

「……こ、これは魔法？　私、魔法を使ってるの？」

　教室の入り口なんて妙に目立つ場所で、ナギさんの体は青白い光を放ち始めて浮かび上がった。冬服の重い裾がふわふわと浮き、ナギさんの周囲には波のような魔力と猫のシルエットが浮かんでは消えていく。魔法詠唱前段階の魔力が出てしまっている。

「すごい、すごいわ私！」

　ナギさんは喜色のこもった声を上げる。さっきまでつんつんしていただけにどこか空恐ろしい。一種の暴走状態に入っているようだ。

「あーまずい、まずいですね、もうちょっと魔力引っ込められませんか⁉」

「ふわふわして……あぁ……全能感ってこれのことなのね。うふふっ。シズキくん、私、友達なんていなくても、魔法があれば全て吹き飛ばせるんじゃないかしら？」

「物騒なこと言わないでくださいよ、あー、踏ん張って脇締めてください！　これ、僕のおにぎり噛《か》んで！」

　昼休みの前だったのでちょうど持っていたお弁当箱からおにぎりを取り出し、ナギさんの口に突っ込んだ。しかしもごもごご何か喋《しゃべ》っていて、ナギさんの魔法は止まらない。

「ちょっと我慢してくださいね！」

　僕はナギさんを抱え上げ、おむすびくわえたお姫様をだっこした。

「うふ、うふふふ、ほんはふほいほね、はぁ、はふははひへ、ひはなほははひはふ」

　ナギさんは僕に抱きかかえられながらまだ喋っている。今にも光に包まれ、ナギさんは魔法を放ってしまいそうだ。僕は口に米を詰め込んだ彼女の重みを両腕で感じながら、どこか人がいない場所を目指して全速力で駆けた。


　そしてたどり着いたのは、体育倉庫だった。

「よかったです、魔法の詠唱が済まなくて。魔法使いの間では口をふさぐというのは大きな意味を持った行為でしてね、自分の名前を言うだけで魔法が発動することもあるので」

「それにしてももうちょっとやり方があったんじゃないの⁉」

　ナギさんの声を背後に、僕は壁に向かって立っていた。

僕らは体育倉庫に駆け込んだ。その時、ナギさんはすぐに音符と猫と光の入り交じる波を放ち、ついに猫になり果てた。すぐに戻したので、当然丸裸に戻ってしまったナギさんだった。

「絶対に、こっち見ないでよ」

彼女は僕を押しとどめる、低く恨みがましい声を出した。


「さて、二度にわたり脱げ慣れてきたと思われる魔法ですが」

「どんな入りよ」

ナギさんは冬服一式に身を包み、僕の前で少し恥ずかしそうに顔を背けていた。

「このままだとマズいですね。はっきり言って今のナギさんは魔力を簡単にまき散らかす人間爆弾に等しい状態です」

息を吐くと落ち着いた体育倉庫の空気が肺に染みた。それにしても本当にヒヤヒヤした。魔法が世間に露見すると非常に面倒、どころか僕自身の命が危なくなる。

「このままでは一般人と関われません。魔法を使うと魔力が少しの間滞留し、濃度が高ければ『魔力汚染』を起こします。汚染地域に足を踏み入れれば一般人も魔力を宿してしまいますので、絶対に避けなければなりません。このままではナギさんを地中に住みがちな魔法使いの例に倣って地下送りするしかなくなります」

「ふうん、汚染？　よくわからないけど……魔法ってつくづく面倒なのね」

ナギさんはやっぱり、魔法の細かい話題になると少しだけ不機嫌そうに口を尖《とが》らせた。

「ナギさん、初めて魔法を使った感想はどうですか。コントロールできそうですかね？今のままだと『魔法使われ』って感じで魔物化待ったなしなのですが」

僕の言葉に対し彼女はんー、としばらく低く唸《うな》って、それから両手のひらを上にあげて、空中をもみもみとした。落ち着いた容姿に反してボディランゲージが多いようだ。

「ううん……なんかこう……ぐわーっ、と来るものは感覚的にわかるのだけど。輪郭も何もわからないし、どう使えばいいのかわからないわ」

「なるほど魔力自体は感じている、と。なら今日中に魔法の使い方は教えます。しかしちょっと意外でした」

「……何が？　……私が元気なことが、かしら」

「それもですが、というより……しかし……」

魔力をこんなすぐに発現させる方が予想外だった。魔法の資質に満《み》ち溢《あふ》れていることは喜ばしい。であるのに、どこか不安になる魔力の流れだった。表面上ばかりを膨大な量が流れていて、奥には何も感じられない。こういったパターンは幼子にありがちなものだ。

「ねぇ、『しかし』で止めないで？　それ、悪い知らせの間よ」

「ちょっと才能が多すぎるのかもしれませんね」

「明らかに隠喩じゃない」

「今日の放課後予定はありますか？」

僕の発言の何かを警戒したのか、ナギさんは両腕を組んで僕の顔色をうかがうような視線を向けた。

「……あると言えばあるけれど、無いと言われれば無いわ」

彼女は体育マットの上でしゃんと背筋を伸ばしている。僕はずっこけそうになった。それは予定がない人の言い方ですよナギさん。妙なところで壁が高いのは僕の信用が無さすぎるのか、ナギさんの警戒心が強いのか。

「どっちですか。魔法に関することで少し付き合ってほしいだけです。あの、最初に言っておきますけど口説くつもりとかではないですからね」

鉄壁の防御を見せる彼女だったけれど、僕が少々呆《あき》れているのが伝わったのか、少し申し訳なさそうに目を逸《そ》らして口を開いた。

「……ごめんなさい、見栄《みえ》を張ったわ。別に予定なんてないの」

でしょうね、と言いそうになったのをとどめた。

「気を悪くしないで欲しいわ、別に行くのが嫌なわけではなくて……癖なの。その、別に普段人と話さないから緊張してしまうというわけではないのだけど。本当よ？　本当にただの困った癖でね」

本当に、とナギさんは何度も念を押した。なぜか僕は、芸人がよくやる過剰なフリからのリアクション芸を想起した。

「わかりました、ただの悪癖ですね。よく覚えがあります」

「そうなの、どうしてもやってしまうのよね……シズキくんにもわかるかしら？　急にほかの生物に誘われるとこう……戸惑う？　虫唾《むしず》が走る？　とでも言うのかしら」

「だいぶ距離の遠い言葉が並びましたが」

全体的に距離感の取り方がおかしいナギさんだった。この子、大丈夫かな。異性に向ける緊張とは別種の方向で、彼女のことが心配になった。

「その、今シズキくんに誘われたことが嫌なわけではないの！　むしろそういうのは少しだけ楽しそう……いえ全然面白くなさそうだとは思うけど、本当に」

「さっきからその『本当』アピール何なんですか。ツンデレですか」

「属性で私を測らないでよ、軟派なシズキくん」

「理不尽」

「とにかくっ、私も行くわ」

ナギさんは結局落ち着いた様子で、「おかしいのはそちらよ」とでも言いたげな雰囲気を出しながら腕を組んだ。

「ありがとうございます。では隣町まで遠出になるので……」

僕は彼女にスマホの画面を見せながら経路を説明した。ふんふん、と彼女は頷《うなず》くけれど、その様子は小動物じみていてどこか可愛《かわい》らしい。口を閉じれば真っ当な美少女だった。

「……その、意外に思うかもしれないけれど、私、こういう誰かとどこかへ行く経験がなくて……」

僕の説明を一通り聞くと、ナギさんは歯切れ悪く、少し話せばわかることを浮ついた様子で訊《たず》ねてきた。

「何時にどこに集まるのって、あらかじめ決めるのかしら？」

その控え目な上目遣いは、やっぱり期待を滲《にじ》ませた顔に見えた。

12

駅に降りると、人の波に交じって秋の冷風が抜けていった。

ナギさんと待ち合わせしたのは駅前商店街の「笹の下通り」。歩行者天国となるこの通りには個性的なファッションの店がひしめいている。

改札を出ると、灰の空と狭い道に学生たちが溢《あふ》れていた。冷たい風が細い道を吹き抜け、しかし寒さをものともしない学生たちの声が響く。通りの入り口にあるマクドナルドには長蛇の列ができ、学生服、カジュアルな服装の大学生、ゴシックロリータの年齢不詳な女性などが入り交じって並んでいる。ちょっとしたアトラクションを思わせる光景だった。待ち合わせの間、チェーン外食店で集まって談笑する女子生徒たちを眺めながら、ナギさんのことを考えた。

もしかしたらナギさんは助けられることが嫌なのかもしれない、そう感じた。魔法を教えると言われたとき、魔法の危険性を説かれた時。ナギさんはほんの少しだけ嫌そうな顔をするのだ。

だから、少し趣向を変えようと思った。

「お待たせっ、はぁっ……ごめんなさい、待った？」

駅からなだれ降りてくる客たちの中から、ナギさんは小走りで、黒髪と制服の上に羽織った薄手のコートを上下させて現れた。コートは静電気によって繊維が逆立っていた。

「来たいとはよく思っていたのだけどっ、繁華街の方、あまり来ないから乗り違えて……もうっ、どうしてこう、人が多いの？」

申し訳なさそうな声色のまま、ナギさんは華奢《きゃしゃ》な肩を神経質に震わせた。それから周囲を素早く睨《にら》む。その仕草は抜け目なさというか、彼女なりの警戒心を感じさせる。僕を警戒しているというより、誰かに僕と一緒にいるところを見られたくないのだろう。

「それで、何？　魔法に関することよね？　すぐ済ませるわよ」

「ええ。魔法の制御を助けるモノを買いに来ただけですが……そういう使命は一度忘れましょう。使命使命ではつまらないですから」

ナギさんは少しきょとんとした顔をした。僕は続ける。

「やっぱりこれはデートってことにしましょう」

「……っ!! な、何っ!? デート!?」

ナギさんがちょっと声を大きくして飛びのいた。反応が大きくて僕は嬉《うれ》しかった。

「放課後に一緒に買い物ってデートですよね」

「デートじゃないわ！ これは……遠出？ 逢瀬《おうせ》？ 少なくとも、でっ、デートではないわ。そもそも仲良くなんてないでしょう、私たち。いきなりこんな風に距離を詰めて、私が喜ぶとでも思っているの？ 舐《な》められたものね、気分が悪いわ。私は誰かに誘われたからって浮かれたりしないの。そうよ……全然私は貴方《あなた》なんてなんとも思っていないのだから。本当よ」

「あっすいませんデートコース調べてました、何ですか？」

「一人でデートしてなさいよっ！」

「あっ待ってくださいー」

ナギさんはついに怒り出して僕の前をすたすた進んでしまった。手元のスマホをしまって僕は慌ててついていった。

数分後、服屋のウィンドウ前で声を弾《はず》ませるナギさんが居た。

「わーっ、可愛《かわい》い！　私、本当はお洋服大好きなのよね！」

ぷりぷり怒っていたのに服屋の前まで来るとガラスに頬《ほお》を近づけ、急に五歳児みたいな喜び方をするナギさんだった。

「けれどなかなか来る機会がなかったの。一人で隣町まで行くのも大変だからちょうど良かったけど、あっ向こうも見るわ」

そう言いながら複数の店をせわしなく見て回るナギさん。僕は服にあまり興味がなかったので彼女の動きを目で追いつつ、道の脇に止めてあったピンクと白の混じったワゴン車でデートの定番甘味を手に買い上げてからナギさんの下へと戻った。

「ナギさん、クレープ食べます？」

「いただくわ、あむっ。……甘っ！　私甘いもの好きじゃないの。一口でいいわ」

「ええ、一つしか買ってこなかった理由はですね……あれ、聞いてない」

一つのクレープを二人で食べてナギさんの反応を窺《うかが》いたかったのだけど、完全スルーされた。僕が食べたところの上から思いっきり歯形がついている。

仕方なく僕はやたら甘いクレープをちびちび噛《か》んだ。四口目ぐらいで口の中が甘々になってげんなりしてきた僕に構わず、ナギさんはなおも洒落《しゃれ》た路面店でバッグやアクセサリーを物色している。

「このバッグは一世代前だけれどブランドものね。確かに今買うならコストパフォーマンスに優れているわ。カジュアルにも使いやすいし高級感も演出ができる……私のようにちゃんとチェックしていない相手なら気が付かないでしょうし」

「なんですかすいません。果汁ある？　アイスの話ですか？　クレープいります？」

「いらない。このブランド知らないの？」

ナギさんはバッグのブランド名を僕に言ったけれど、全く頭に入ってこなかった。

「え、本当に知らないの……？」

ナギさんは情けない僕を見下ろすかのように少し鼻を鳴らした。

「確かにシズキくんがファッションに詳しいとは思えないけど……。なるほど、そういう人もいるのね」

ナギさんはさも自分が多数派のように口角を上げた。僕からすれば「ブランドを気にする人って本当にいるんですね」なのだが、これは僕が悪いだろう。ブランドもクソもない千歌《ちか》さんが一番身近な女性で、ファッションセンターしまむらをハイソとする千歌イズムが染みついてしまっている。

「後でそこの古着屋に寄っていいかしら？　……古着って良《い》いわよね、つい目を惹《ひ》かれてしまうわ」

ナギさんは独《ひと》り言《ご》ちながらふらふら店を回り、僕に返事を期待しない会話を続けた。レザーがうんたらで、ブランドの母国がうんたらで。「立て板に水」とはこういう時に使う言葉なのだろう。歩調が速くなったり遅くなったりする彼女のステップを踏むような動きに僕は合わせ続けた。

「ナギにはこういう渋いのが似合うのよね。はぁっ、可愛《かわい》い……」

なんだか一人称も可愛くなっている。ナギさんはちょっぴりナルシストなのかな。店前に並ぶ渋革のバッグ『大特価55000円』をキラキラした目で見ないでほしい。親心的な意味で僕は心配になった。

僕らはやっとのことで、商店街の半ばまでやってきた。クレープは仕方なく僕の胃に全て収めた。腹の内側にずっしりとした重量感がある。ポケットの中に突っ込んだ包み紙も膨らんで違和感を主張し続けていた。

「……ごめんなさい、つい服に夢中になってしまって。どうしても変身願望が止められなくなってしまうのよね」

「大丈夫ですよ。ナギさんが楽しいなら、もう、僕も楽しいですよはい」

ナギさんは謝りながらも、つま先から黒髪の頭頂部まで満足気なオーラを放っていた。あれだけ見て回ったのに何も買わないんですね、とは間違っても言ってはいけない。僕は我慢した。

「それで、この店が『魔法の店』？　ちょっと入りにくいわね」

　僕らの前には細い階段があった。落とし穴めいた急勾配《きゅうこうばい》で、地下への入口を開いている。雑居ビルの地下一階へと続く道の傍《そば》には『カフェ　Ｍａｇｉｃ』とスタンド看板があった。通路の両脇には部族的な飾りや、アジアンテイストな照明が並んでいる。

「中に入れば驚きますよ、普通のカフェなので」

「……ネタバレしないで欲しいわ」

　僕が先に階段を降り、彼女が後ろについてくる。濃い茶色の扉を開けると、小気味よくからんころんと音が鳴った。暖かい空気が体の脇を通り抜け、店内のオレンジの光が玄関先まで広がる。

「いらっしゃいませぇ」

　店内は温かみのある家具と明るい照明によって穏やかな空気が流れていた。白樺《しらかば》の壁とオーガニックな丸椅子は清潔感に溢《あふ》れ、都会の洒落《しゃれ》た喫茶を思わせた。

「当店もうすぐ閉店の時間となりますが……あらん、シズキ？」

　キャラメル色の肌をした外国人が、ログハウス調のカフェカウンター越しに、低音の利いた声で話しかけてきた。

「久しぶりじゃナい。んまぁ、どうしたの？　ガールフレンドまで連れちゃって」

　響く声に似合わないオネェ口調と、つやつやした濃い色のスキンヘッドに黄色いエプロンのアンバランスさ。名前も教えてもらえない「店主」のハードなミステリアスさがアットホームなカフェと合わさって独特の雰囲気を作っていた。

「お久しぶりです。お元気にしていましたか」

「そりゃあもう。今日も生きててよかったと噛《か》みしめてイたトコ。レジはカラでも顎《チン》はアップアップよ」

チンってやらしい意味じゃないわよ、と店主は無駄な補足をした。多言語にわたってシモネタを使いこなすインテリ店主とはこれでも付き合いが長い。高校の入学祝いだっていただく仲である。

「それで？　そっちの恋人《ベイブ》ちゃんは？」

「はじめまして……あの、私シズキくんとそういう仲ではないです……」

ナギさんはやや猫背で開口一番、僕との関係を否定した。普通に嫌そうな顔だった。

「あら可愛《かわい》い子。年齢は？　スリーサイズは少ない？　チークはどこの使っているの？　裸眼？　好きな男のジャンルは？　人生はまだまだ煌《きら》めいている？」

「えっと……」

「ジョーダンよ。マイケルじゃなくてね。それでぇ？　わざわざ閉店間際に来た言い訳はまだかしラぁ？　もうレジ閉めちゃいたいのだけど」

「ね、シズキくん、また変な人なの!?」

小声でナギさんは耳打ちした。なるほど、一般ではこの店主も変な人カテゴリに入るらしい。少なくとも彼は不正入国をしていないのだが。

「店主さん、変ですよ。時計を見てください。ほらまだ午後六時！　もう閉店って、地方観光地じゃないんですから、ハハ」

「変な人しかいない！」

僕は笑ったけど、店主は一ミリも笑っていなかった。ナギさんはなぜか頭を抱えていた。

「はい、すいません。店主さん、抑制帯ありますか。魔法の件です」

「魔力抑制帯ね。ちょっと待ってな」

目的を伝えると、店主は遊びのない声色でサッと店の奥に戻った。それからすぐ、一分と経《た》たず黒い何かを持って現れた。

「今時抑制帯《こんなもの》なんてぇ。誰が魔法を使えないノぉ？　アンタ、赤ちゃんでも産まれるの？」

「いえこちらのナギさんに必要で」

「ふぅん、ジャパニーズ清楚《せいそ》系に見えるのにネぇ……事情はそれぞれってぇの？」

「誤解を生んでいないかしら……」

店主がごとり、とカウンターに黒い首輪……チョーカーを置いた。黒の革を基調として宝石が何種類かはめ込まれており、物々しさとゴシック風味を掛け合わせた上級者向けのお洒落《しゃれ》アイテムといった印象だ。魔道具師のこだわりが感じられる。

「こ、これを私の首につけるの……？」

ナギさんは眉をひそめ、同時に店主も嫌そうに額に手を当てた。

「……アラ。まさかその子がつけるの？　その年齢でって『魔法憑《つ》き』？　はァ、面倒ごとだけはやめてよネェ？　アタシ、協会に聞かれても知らん顔するからぁ」

「そうしてもらえると助かります」

店主と密談している間にも、ナギさんはチョーカーを控え目に突っつき、困ったように眉をひそめていた。

「シズキくん。確かにお洒落感はあるけれど……その、私にはちょっと恥ずかしいわ。一応学校ではクール属性で通っているのだから、クラスでこれをつけていたら引かれそうよ」

属性で測らないでと言っていた割に自分のキャラは気にするらしい。彼女は眉をひそめた。しかし、確かに大人しい子がいきなりチョーカーをつける違和感に関しては一理ある。

「なら逆にバチバチのピアスをつけてバランスを取りましょう。贈りますよ」

「なんの逆にもなっていないわ、私自身が真っ逆さまよ」

「あらぁ何この子。男にたかったプレゼントにすぐ難癖つけちゃってぇ。ふんふん、確かに見栄《みえ》っぱりの癖に友達いなさそうな顔してるワぁ」

店主の容赦ない言葉にナギさんの首から朱が差したと思ったら、みるみるうちに顔全体がゆでだこみたいに赤くなってしまった。

「〰〰〰……っ！　な、な、な、なにをっ……！　失っ礼！」

ナギさんは店主に掴《つか》みかからんばかりに前のめりになって、それから乱暴にチョーカーを手にとった。

「なによ、つければいいのでしょう、つければ！　全然気にしないわよっ！」

「すぐ怒っちゃってぇカワイイのっ。遊びを知らないひよっこちゃんはつい虐《いじ》めたくなっちゃうのよねぇ」

「虐められてないわ、ほら、つけたわよ！　これで文句ないでしょう？」

ナギさんは怒りながらがちゃがちゃいわせてチョーカーをつけた。なるほど、店主の持つ中指立てながら仲良くするアメリカンなテンションと、起伏の激しい激情家ナギさんは折り合いが悪いらしい。仕方なく僕は間に入った。

「店主さん。今の時代、学校に友達がいなくてもネットで友達がいることもありますから。そういう図星を突くやり方は古いです」

「フォローになってないわよね!?　それになんで知っているのかしら!?」

ナギさんが僕の右肩に両手を乗せてゆすってきた。熱がすぐ近くまで迫る。ナギさんネットとか好きそうだから適当に言ったけれど当たったらしい。

「あらぁ、オジサンにはピコピコの世界のことわからないからネぇ、ごめんなさいね？」

「はい、オジサンですから仕方ないですよ。ね、ナギさん？」

ナギさんの方を振り向くと、彼女は口から蒸気を揺らめかせながら恨めしそうに上目で店主を見ていた。姿勢は妙に低くて臨戦態勢に見えなくもないが、そのままの姿勢で静かに口を開いた。

「ふしゅ〜……し、仕方ないわね……オジサンだものね……オジサンだから……」

「あらぁ、他人に言われると眉間に皺《しわ》寄るわぁ」

突然、一触即発の場面にならないで欲しい。ナギさんは妙に血の気が多いようだ。僕ももっと仲良くなるまでは友達弄《いじ》りをしないことに決めた。

「……はぁ、もう。勢いだけでつけてしまったけれど、落ち着かないわ……。犬になった気分よ」

ナギさんはチョーカーに手を添え、姿見を見ながらちらちらと視線を僕の方へ向けてくる。ちょっとだけ僕の方へ体を向けてくるあたり、意見が欲しいけれど厳しいことを言われたくないのだろう。

「大丈夫ですよナギさん。似合ってます」

「……そう?」

「いえ本当に。お洒落《しゃれ》に見えます。奥ゆかしい容姿に対するアクセントとでも言うんですかね、ただ似合うだけでなくて、大人しいだけでないナギさんにぴったりのカッコよさがありますよ」

僕の言葉の意味するところは、「美しいカナリアだと思っていたら闘鶏だった」というニュアンスなのだけど、ナギ嬢のお気に召したようだった。

「……ふふっ、うふふっ。そう？　やっぱりそう見える？　そうね、私も本当は似合っていると思っていたの。いいでしょう？」

さっきまで怯《おび》えていたのが嘘《うそ》かのように堂々と胸を張って誇らしげに顔を上げた。口角は上がり鼻も高く、普段は儚《はかな》げな大和撫子《やまとなでしこ》の口元が、今はニッコリ笑顔である。

「……うふふっ。いいわね、若いって羨ましいわ。それじゃこっちにいらっしゃい？　つけ心地を試してもらうわ」

微笑《ほほえ》ましく眺めていた店主が手招きして、店の奥へと消えていった。よく見れば、店奥の暗がりには地下へと延びる階段があった。

「……なんだか怪しいわ。今度こそだまされている気がしてならないの」

「あんなに気立てのいいスキンヘッドはいないですよ」

「そうなんでしょうけど……でも、ちょっと足りないわ」

「毛が？」

配慮よ、とナギさんは眉間を鋭くした。ナギさんは冷静さが足りないと思います。情緒が不安定に見えて心配です。

それからさんざん不満と不安を口にしながらも、ナギさんは階段を降りていく僕の後ろからついてきた。

「魔法使いってみんな地下が好きなの……？」

「魔法の性質上、人がいない場所は必要ですから。必然的に地中になりがちです」

「バンド練習にも使えるわヨぉ？」

先に待っていた店主はそう笑った。室内は殺風景で、いかにも地下室といったコンクリ詰めに四角い埋め込み型照明。壁に沿っていくつか棚が並び、生活感を感じられるものは家族の写真が入った写真立てとそれに添えられた花瓶程度のものだった。

「本当にここで魔法使っちゃっていいんですか？」

「大丈夫ヨぉ。どうせ墓場みたいなモンよ、ほとんど使っていないのだから」

「ありがとうございます。ではナギさん、本格的に魔法の練習を始めましょうか」

ナギさんはぎゅっと握りこぶしを作って頷《うなず》いた。僕もやる気を出そう、と心の中で眼鏡をくいっと上げた。

「千歌《ちか》さんは適当な説明しかしませんでしたが、魔法とは、この世ならざるものとの交信です。千歌さんにそう言うと『交信できる時点でこの世のものじゃね？』などと茶化《ちゃか》されますが、とにかくちょっと違う世界からの力です」

「はぁ」ナギさんは息を吐いた。

「それを『精霊』と呼んでいます。精霊とは呼びますが厳密には何かの生命体ではなく、指向性のある魔力体のことです。魔物も魔法使い自身の肉体も魔力で発生させた炎といった物質も、元をたどれば同じ指向性の魔力のことなのですが」

「要点を教えて欲しいわ」

「子猫ちゃん。魔法がとっちらかってても困るから杖《つえ》持っててねぇ。魔女っ娘《こ》帽子もいるかシら？」

「欲しい！」

「はいどうゾぉ。これ、協会のモノなのよねぇ、文字通り権威を笠に着るわけね」

ナギさんは僕の講釈を完全スルーして、途中で店主が持ってきた杖と帽子に夢中になっていた。僕の説明……。

「……まぁ、いいです。魔法を使おうとしてみてください」

「その魔法の詠唱を知りたいのだけど」

「すいません端折《はしょ》りすぎました。魔法は三節から成ります。『起動』『奏者』『運用』が一番の基本ですね。僕の場合なら……何かゴミありますか」

「いくらでも。外の世界にはもっとあるはずよ」

意味深に鼻を鳴らしながら、店主はダンボールをひょいと僕によこした。

「ではこのダンボールに魔法をかけます。

——『破壊、斬桐《きりとう》シズキの名の下に、失《う》せよ』」

指先に意識を集めると、精彩を欠いた破壊因子の集合体がこの世に実体化する。そこから放たれるモノクロのプリズム。

——轟音《ごうおん》。炸裂《さくれつ》した。ダンボールは塵《ちり》と化す前に、大気中への存在をコンマ一秒も許されず爆散した。その跡形の無さはまごうことなき『破壊』であり、存在の消失だった。

「えー、ということでこういう感じです。フルパワーが出ちゃいましたね、すいません。あんまりフルで唱えないもので」

後ろを見ると後ろ毛がぼさぼさにおでこが全開になった、スーパーカーに乗った後のようなナギさんが店主と二人して座り込んで僕を見つめていた。

「な、に？　何今のは……？」

「破壊魔法です。質量を魔力そのものに変えるのが僕は得意らしくて」

「理屈を聞いているのではないのだけど……」

ちょっと引き気味のナギさんに次いで、店主も汗を拭っていた。

「シズキ、アンタ危ない男ね……さすがに現役で魔物狩りするだけあるワぁ……腑抜《ふぬ》けたお馬鹿な子じゃなかったのねぇ」

「そうね、よく回る口だけではないのね……」

二人はのろのろと立ち上がった。どうして僕の評価が低かったことを確認させられるのかわからないけど、見直してくれたようでよかった。ナギさんと店主は僕からちょっと離れた位置に立った。

「という感じで、最初は名前を述べたほうが成功しやすいです。ある程度使いこめば運用の一詠唱だけで済みますし、いつか無詠唱でもできるようにはなるはずです」

「今のを私もやるの……？」

「いえ、最初は炎か振動か浮遊あたりが……自身の扱える魔力を現実に変換しやすくてベターですね。ではわかりやすい炎にしますか」

ナギさんに魔法詠唱のフレーズを教え、それから杖《つえ》をしっかり持たせる。帽子も一応被《かぶ》らせる。意味ないけど。

「ええと……『炎よ、家入《いえいり》ナギの名の下に、現れよ』……？」

何度か首を傾《かし》げながら、へっぴり腰で杖を持つナギさんは生まれたての小鹿を思わせた。

「もうちょっと自信持ってください」

「なんだか言いにくいわ、何よこの語法」

「日本語だからです諦めてください。ついでに恥も捨ててください」

「……仕方ないわね、『炎よ』！」

ナギさんが叫んだ瞬間、バッ、と一瞬オレンジの光が室内に広がった。杖の先が発光し、空気が魔力によって持ち上がる。青い粒子が彼女を中心とした同心円状に広がって波紋を描いた。

「使えるんですか⁉」

「まジぃ？」

「……ッ、『家入《いえいり》ナギの名の下に、現れよ』！」

そのまばゆさは、魔力の円は――収束した。杖《つえ》は沈黙し、再び、薄暗い地下室が戻ってきた。一瞬炎のようなものが見えただけに、この部屋の忍ぶ影がより重く見えた。

「……収まりましたね」

「まさか天性の大魔法使いかと思ったのだけどネぇ」

「……っ、はぁ。なんだかすごい疲れるわ……」

ナギさんは両手を膝について肩で息をしていた。額に大粒の汗が滲《にじ》み、流れてコンクリートの床に落ちた。

「すごいですよナギさん。完全に魔力はモノにしていますね。あとは使えるかどうかですが……もっと全力出してみますか」

「は、はぇ」ナギさんが口元を拭いながら変な声を出した。

「ここでなら最悪、魔法が暴走してもなんとかなりますから。この町は数十人単位で魔法使いが住む隠れ魔法の里なんですよ」

息も絶え絶えで聞いていたナギさんだったけれど、一瞬眉をひそめた。

「子猫ちゃん、いま『少ない』と思ったでシょ？　魔法使い」

「えぇ……数十人単位って。聞き間違えたのかと」

「そうですね、国内で魔法使いは一〇〇〇人いるかいないかってところですから。あの『徳川《とくがわ》』姓より少ないと言われています」

知らないわよ、とバテ気味でも答えてくれるナギさんであった。

「……はぁっ、一〇〇〇人しか、魔法を使えないなんてもったいないわね。リスクがあるにしろ、魔法が広まれば便利そうなのに」

きっと何の気なしの発言であったのだろうその言葉が、僕には妙に引っかかった。

「……さて。もう数回は試してみましょう」

呼吸が落ち着いたナギさんと向き合い、彼女はまた再び杖を構え、静かに目を閉じた。

そうして練習は続いた。しかしいつも詠唱の中盤あたりでふわふわと浮かび上がった魔法の気配はかき消されてしまう。

「『炎よ、家入ナギの名の』……あっ」

「なんだか妙な途切れ方をしますね……普通はあのふわふわを出せるかどうかが焦点になるんですけれど」

それから僕たちは何度か、様々な魔法を試したがどれも上手《うま》くいかなかった。チョーカーが原因かと一度外して詠唱をしてみたのだが、魔法が案の定、暴走した。以前教室の前で見たような光に包まれ……。

「この子、重症ネぇ」

地下室のタンスと衣類と、店主の家族の写真とが全て猫形になって動き回っている光景を前に、店主はため息をついた。

「猫の魔法が得意なんでしょうね。勝手に猫になっただけマシかもしれません、炎の魔法で暴走したらまる焦げでしたから、ハハ」

「言ってる場合かシラ？」

店主に睨《にら》まれ、僕は猫化したナギさんを追いかけた。

「あっ」

猫を追いかけている途中に、本来棚がおかれていた床が露《あら》わになっていた。

そこには血痕があった。中型の生物が破裂したかのような、陰惨な事故現場。

なおも、ナギさんの魔法で服や棚は踊り狂っている。その服はよくみれば、子供服や女ものが多い。それに猫形をしているけれど何本もの縄や、歪《ゆが》んだ踏み台や、本来日本では目にしてはいけない、小型の自動拳銃までもが踊っており……。

「ナギさん、捕まってください」

僕は余計なことを考えないようにして、本気でナギさんを捕まえた。

「全くひどい目に遭ったってカンジ？　さァて、これ以上続けても仕方ないンじゃなぁい？　上に行きまシょ？　もう閉店時間はとっくに過ぎてるっつの」

たっぷり三〇分は時間をかけ片づけ終え、腰に手を当てたスキンヘッドから放たれるドスの利いた声に身をすくめながら、僕らは上階のカフェ空間へと戻った。ナギさんは申し訳なさそうに肩を落としていた。

ところが、僕の後ろから上がってきたナギさんと店主はいつの間にか肩を寄せてきゃぴきゃぴ楽しそうにしていた。店のカウンターに置かれていた男性キャラのアクリルスタンドについて二人は共鳴し合うところがあったらしい。僕の入る余地は無さそうである。

手持無沙汰になって周囲を見渡す。壁にクロスボウと鹿の剥製が並んで飾られていた。

店主がいつか酔いながら、自分には嫁と娘がいて、共にこの国に来たのだと素直な笑顔で話したことがある。しかし、それ以上は語らなかった。てっきり離婚したか何かだと思っていたけれど……地下室で見たひどい血痕と、封じ込めるようにして置かれていた子供服や女性服たちを見てしまうと……。

「シズキ、アンタ事情があってあの猫の子を助けたんだろうとは思うけどね」

僕は少々物思いにふけっていて後ろから店主が来ていることに気が付かなかった。真後ろに来られると、彼あるいは彼女の大きさが恐ろしく見えた。

「は、はい」

「……魔法使い《アタシら》が人様と関わるって意味、よく考えた方がいいわよ。これは警告」

少しも訛《なま》りのない低い声で、店主は言った。

「シズキくん、帰りましょう？　帰りに少しだけ見たい店があるの。開いていたら寄っていきましょう。ちょっと疲れたわ。お洋服でも見て休憩したいもの……」

上機嫌になったナギさんはそんな僕の横をすり抜ける。その明るい横顔が、店主の持っていた家族写真と重なる。

「またのお越しを、子猫ちゃん。シズキもね」

「あ、あぁ……はい。行きましょうか」

僕は軽く時間が飛んだような感覚に陥りながらも、首を回して正常な思考に戻した。まだデートは終わっていない。すっかり上機嫌でチョーカーを身につけるナギさんの隣で、僕は釈然としない考察を打ち切った。

店主は魔法を使ったために家族が消えることになったのではないか、なんて妄想は、ポケットにつっこんだクレープの包み紙と一緒に捨ててしまうことにした。

13

それから数日、放課後はナギさんと共に過ごすのが日課になっていた。

場所は廃駅、灰色と水路の青に並んで、僕は指先で炎を出して見せる。

「……と、燃えれば成功です。ナギさんも構えて。精神を落ち着けて……」

「『炎よ、家入《いえいり》ナギの名』……あっ。消えちゃった」

だが進展は無く、相変わらずナギさんはあと一歩で魔法を使えない日が続いた。

「少し失礼します」

一度、僕がナギさんの肩に触れて彼女の魔法を補助した。しかしその時はうっぷんを晴らすかのように魔法を暴走させまくり、廃駅に転がる石ころたちが猫の形で踊った。

「おっは～。よく寝たぁ……うわっなんだこの騒ぎ」

千歌《ちか》さんは夕方の空気と共にキオスクからのそのそ出てきた。彼女は大きくあくびをして、石たちが踊り裸のナギさんの背に僕が触れる事案にしか見えない光景をただ見ていた。

「千歌先生、私っ、いつもこの人に裸を見られるのだけど！」

ナギさんは体の前面を覆い隠しながら、涙ながらに千歌さんに訴える。その恰好《かっこう》で涙まで流されるともう完全に犯罪である。

「見られなさい。ええ見られなさい若人。それが一番の価値でいられるのも、時間の問題なのだから」

「……何を言いたいのかよくわからないけれど、どうにかならないのかしらっ！　千歌先生はシズキくんの保護者なのでしょう？」

「仕方ないなぁのび太くんは。はいじゃあシズキに忘却魔法～」

「えっ千歌《ちか》さん、そんな大魔法を使う出来事……じゃ……」

千歌さんが唱えると僕の頭から何か白い光が出て、千歌さんの袖口に吸い込まれていき……僕の意識も闇に沈んだ。


「ね、ねぇ。千歌先生。シズキくん朦朧《もうろう》としているけれど本当に大丈夫？」

「大丈夫大丈夫たった数分の記憶消去なんて慣れたもんだから。あれだよ、医者も慣れると飲みながらメス握れるってやつ」

「……それは嘘《うそ》よね？」

二人の声が遠くに聞こえる。目を閉じていたらしく、ぼやけた視界で廃駅の煤《すす》けた天井を見た。どうやら僕はブルーシートの上で寝ていたらしい。僕は体を起こした。

「すいません、急に眠気が来てしまって」

「気にすることはないさ。ね、ナギちゃん？」

ナギさんは何か気まずそうに目を逸《そ》らした。どうにも頭が働かない。

「たまに眠くなるんですよね……千歌さんの酒癖が悪かった次の日以外で起きるなんて」

「シズキは疲れているんだよ。さ、ナギちゃんはアタシを犯罪者に向けるような瞳で見ていないで、魔法の練習をしなさい」

ナギさんは何か言いたげだったが、そのうち一人で廃駅の奥の灰色の壁に向かってぶつぶつと魔法の詠唱を始めた。

僕はぼーっとする頭を打ち払い、石を拾って立ち上がる。手の内側で石ころを転がし、「破壊魔法」で砕いた。感触を確かめていると、千歌さんがおずおず話しかけてきた。

「で～、……シズキから見てナギちゃんは魔法使えると思う？」

雨であることを確認するために天気を訊《たず》ねるような調子で、千歌さんは僕の顔を覗《のぞ》き込んできた。ナギさんは壁に向かってぶつぶつ唱えている。

正直、無理かもしれないと思い始めていた。

彼女の魔力の流れは不安定だ。予想以上に早い発現と、魔力の量に対する変換の出来なさのつり合いが取れていない。以前、あるトラウマで魔法を使えなくなった魔法使いを見たけれど、今のナギさんと似たような状況だった。一度も魔法を使ったことがない彼女が心理的作用で魔法を使えないとは思えず、改善案が不明にも程がある。

僕がたっぷり間をとったせいで不安そうな千歌さんに向かって、僕はこう言った。

「茶道はできるらしいですよ」

千歌さんは逆さのビールケースの上で、ぐでーっとひっくり返った。

14

それからナギさんと僕は放課後に廃駅で過ごす日々を送った。魔法の練習を行う色彩のない日々……だけではつまらないので勉強会をしたり、千歌《ちか》さんを巻き込んでゲームをしたりした。しかし肝心のナギさんの魔法は進展がなかった。

一〇月のある休日、この時期にしては冷たいアパートの空気。今年の冬はより一層冷え込むだろうことが予期された。ストーブを用意しないと……と思いながらも寒くて毛布から動けない。何もしていないとアパートの静けさが僕をむしばんでいく気がした。

このままでいいのか斬桐《きりとう》シズキ。そう言い聞かせ、思い切り跳ねるように立ち上がった。何も食べてない。ご飯にしよう、と冷蔵庫を覗《のぞ》いた。ミネストローネにすることにした。

水を温水に切り替えてしばらく流す。道具を準備し、余っているウインナーをちょうどいい長さに切った。キャベツ、ジャガイモ、セロリ、それに半分だけ使ってラップに包んであったタマネギを切った。ニンジンも入れたかったが、作り始めてから無いことに気が付いた。

千歌さんが好きなオリーブオイルを鍋に敷く。そこに具材を入れ、炒《いた》めてからトマト缶を鍋にひっくり返した。コンソメと水にちょっと良い白ワインも入れ、それから煮込む。

……僕の台所は相も変わらず調味料だけは充実している。千歌さんが事あるごとにお洒落《しゃれ》で使いにくい調味料を渡してくるせいだ。なお、千歌さんは料理をしない。

数十分煮込むと、ふわり、と良いトマトとセロリの匂いが漂った。火を止め、ぐつぐつと煮立つスープをシリコンのお玉ですくう。一口分小皿に取ってすすり、一度軽く塩コショウで味を調えた。今度は掬《すく》った具材ごと味見した。

「おいしい」

声に出して確認する。我ながらいい出来。美味《おい》しいものを食べた時はちゃんと声に出して言わないと、つい無言で平らげてしまう。声を出してちゃんと味わう姿勢は一人でも文化的に生きる上で役に立つ。

二口、三口と小さい皿ですすっているうち、結局自分の分の食事は全て味見で済ませてしまった。それから先に包丁などを洗い、ミネストローネを充分冷ます時間を経てから夕ッパーに詰めた。そして上着を羽織った。

アパートを出たところで、不意にナギさんの顔が浮かんだ。もう一つタッパーを作っていくか一瞬迷い、やめた。ナギさんが一人暮らしならともかく、わざわざ離れた家まで夕食をおすそ分けというのはさすがに、軟派男を超えて世話焼き母ちゃんである。

夜空を眺めながら歩き、マンホールを通り、水路の隣を歩いて廃駅にたどり着いた。夜の廃駅はさすがに入るのを一瞬躊躇《ためら》わせるような危ない雰囲気がある。壁から落ちる粉に揺らぎは無く、ガレキの山は埃《ほこり》まで静かに鎮座していた。千歌《ちか》さんはいないようだ。キオスクの中まで覗《のぞ》き、彼女が机代わりに年中使っているコタツの上にタッパーを置き、それから床に転がるペットボトルや本を抱えて分別し、視界の隅を走り抜けたクモは無視し、ゴミたちをアパートから持参したビニル袋にまとめた。

その時、ヴヴ、と薄手のコートの中でスマホが振動した。メッセージ一件の通知をタップする。

『にや』

と書かれていた。

「…………」

差出人はナギさんだった。よく見ればスマホの液晶画面は午後一一時を表示している。こんな夜中に不思議なメッセージを出すなんて、理由は一つしか思い当たらなかった。

僕は、少し自慢の脚力を発揮することにした。

「ナギさんの家も知らなかったので、ここだろうと思いました」

「にゃ」

僕とナギさんは、最初に出会った十字路で向かい合っていた。

ナギさんは猫になっていた。

「にゃにゃにゃーにゃにゃ、にゃん」

ナギさんは顎をしゃくって、道を走っていく。ついてこい、という彼女の意図をくみ取って僕も走る。するとすぐに電柱の近くで止まった。

「にゃ」

猫ナギさんの示す方向を見れば、電柱の下には薄手のコートと女物のパジャマと下着が散乱している。何かの事案の光景のようだ。

「なるほど、では失礼します」

僕はナギさんのふわふわの背中に触る。するとみるみるうちに猫は光り、大きくなり、すべすべの背中になった。よく考えれば裸の女子高生が道端にいるのは普通に事案だった。

「……ありがと。もう触れていなくていいわよ」

「いえ、もう少しだけ触れていましょう」

「馬鹿っ」

上目遣いで強烈に睨《にら》まれたので、手を離した。彼女の耳は真っ赤だった。

四《よ》つん這《ば》いになっていたナギさんはすっとしゃがんだ体勢になり、手で胸を隠し、そそくさと電柱の裏に隠れて着替え始めた。

「魔法が暴発したんですか？　大丈夫でした？」

「魔法が使えたわけではないの。でも勝手に猫になりそうになることがあって……一人で歩いていたりすると、不意に。あっ普段は大丈夫なのだけど」

聞いたことのない事例だった。魔力の乱れは精神の乱れであることも多いのだけど、一人だとナギさんは何かが変わるのだろうか。

「……ふっ、くちゅ！」

「可愛《かわい》いくしゃみですね」

「仕方ないでしょ、寒かったのだから」

「寒さはストリーキング趣味の天敵ですね」

「……ストリーキングっていうのが何かわからないけど、いい意味では無さそうね」

「裸の王様って意味ですよ。キングってついているでしょう」

「それ、絶対嘘《うそ》でしょう？」

キング云々《うんぬん》は嘘だけど、意味はそんなに違わないのではないかと思う。雑談はともかく、彼女の方に視線を向けないようにしてぼーっと空でも眺めた。

「……それにしてもありがとう。凍え死ぬところだったわ……文字通りね。秋の夜ですらこんなに寒いのだから、冬の野生の猫たちはどうしているのかしらね」

「……ナギさんは間違っても車の下なんかに入らないでくださいね、僕を呼んでください。深夜だろうと駆けつけますよ」

「そうさせてもらうわ。シズキくんを頼るのは癪《しゃく》だけど」

ナギさんはコートまで着込んで、何事もなかったかのような顔をして出て来た。だけれど寒さのせいか、やっぱり耳まで赤くなっている。もう少し早く駆けつけるべきだった。

「それで、どうしてですか？」

「何が？」

「どうしてナギさんはこんな時間に外に出ていたんです？　そういえば最初に出会った……といってもナギさんは事故に遭っていましたが、あの時もこれぐらいの時間でしたよね」

ナギさんは口の端をこわばらせた、ように見えた。

「ただの趣味よ」

ナギさんはなんてこと無さそうに言う。しかし女子高生が夜歩きというのは、どうなのだろう。危険もあるとは思うが……。

「……趣味ならば、お気を付けてとしか言えないですね」

親に言って外に出ているわけではないだろうし、親との折り合いが悪いのだろうか。僕がそんな風に考えていると、ナギさんがおずおずと語りかけてきた。

「斬桐《きりとう》シズキくんなら……わかるかしら？　……その、助けてもらったのは感謝しているけれど、やっぱり私に関わらないほうがいいわよ。

……ヒバナの例があるのだから」

「………？？？？」

突然何を言っているのだろう、とついナギさんの顔を凝視した。可愛《かわい》かった。

「シズキくん……何のことかわからないの？　あなた、斬桐《きりとう》シズキくんよね？　父親がテレビディレクターだった、あの……ともかく、昔、私と会っているのだけど、少なくともヒバナとは……」

「ええと、幼馴染《おさななじみ》属性ですか？　火花ってなんのことでしょう、それに父は……なんでしたっけ？　すいません、幼いころに亡くしたようで、父との記憶があまりないのです」

「………そう、なの。……そう。…………なんでもないわ。なら全部忘れて」

それからナギさんがとんでもなく深いため息をついて、足下に視線を落とした。

「いいわ……私の一人相撲だったみたい。ごめんなさい。帰るわね。助けてくれてありがとう」

ナギさんは言うやいなや、ひらりと身を翻してさっさと歩き始めてしまった。

「ナギさん？　ええと……送りますよ」

「大丈夫。ここから本当にすぐだから。おやすみなさい。ついてこないでね」

ナギさんは冷たくそう言い放つと、本当にさっさと一人で帰ってしまった。

僕は一人考えた……僕は、昔ナギさんに会っているらしい。そして暗い道へと振り返ったナギさんの顔は、ひどく落胆しているように見えた。ナギさんを傷付けてしまったらしいことを反省し、僕は次会った時には謝ろうと心に決めた。

15

「ナギさん！」

次の日、僕は学校の下駄箱《げたばこ》で彼女の背に声をかけた。いつもは嫌そうな顔をするナギさんだけれど、今日は少しだけ調子が違った。

「あぁ、シズキくん。ちょうど良かったわ」

軽い調子の返事に反し、ナギさんは気まずそうに目を右往左往させた。僕は先に頭を下げた。

「こないだはすいません。僕が覚えていなかったために不快な思いをさせてしまって。言い訳じみてはいますが、どうも僕はある時期の記憶が欠落しているようなのです」

ナギさんは美しい眉を上げて、ただでさえ大きい瞳を少し大きく開いた。

僕自身も前々から気になってはいたのだけれど、僕は記憶喪失を起こしているらしい。気がついた時には親がいなかった。一番昔の記憶も千歌《ちか》さんと一緒にいるものだ。しかし千歌さんは母親ではない。直感的にそう確信している。父も母もいないのに、いなくなった時期を思い出せない。恐らくなんらかの理由で僕の方が記憶をおかしくしている。

「……！　そう、だったのね。……ええと、下駄箱《げたばこ》で唐突に語るにしては重すぎる話題だけれど……」

謝るつもりで言ったのだけど、ナギさんはより一層困惑を深めたようだった。下駄箱の暗闇を見つめ、何かを呟《つぶや》いている。不意に外の日差しが雲に覆われた。

「シズキくん。今日一緒に帰れるかしら」

珍しく、ナギさんの方からそんな風に言ってきた。


「偶然持っていたの。食べるかしら？」

下校途中。ナギさんはなぜかハッピーターンを差し出してきた。

「いただきます。しかし……全部、見事に割れていますね」

一つ袋をつまむけれど、ビニルを開けるとぽろぽろ崩れ去りそうなくらいに砕けていた。

「シズキくんが昼も男子といるから食べられなかったのよ？」

「ずっと鞄《かばん》に入れていたんですか？　……僕がいなくても別に食べれば」

言いかけて、あっ、と口を止めた。ナギさんの頬《ほお》に朱が差して目を逸《そ》らしている。昼休みに学外には出れず、購買でお菓子は売っていない。お菓子を家か登校中に用意して、そして放課後に僕に差し出してきた意味を考える。恐らくは彼女なりの会話のタネのようなものではないか。

「いやぁハッピーターン美味《おい》しいですよねぇむしゃむしゃ。僕好きなんですよよくわかりましたね、あっ欠片《かけら》落としちゃった」

「そう？　ふふっ。個包装の方が持ち帰る人がいるとき便利だと昔学んでね、それで選んだの。よかったわ」

業界人みたいな気遣い方してるな、ナギさん。

「それにシズキくんも甘いもの嫌いなのでしょう？　あんなにクレープを苦々しい顔で食べていたのだから」

本当は過度に甘すぎるものが苦手なだけなのだけど、ナギさんの面子《メンツ》を潰したくないので僕はサムズアップした。僕の設定に甘味嫌いが追加された。

「その……私って昨日みたいに、いきなり怒ることがあるでしょう？　思い出しただけでいくつも心あたりがあるわ……だから迷惑に思うことも、あったと思うのだけど……それを謝りたくて」

お菓子狂いの僕を見て嬉《うれ》しそうにしていたナギさんだったけれど、不意にその表情に陰りが差した。なるほど、急に不機嫌になったことに対して反省の意を込めての贈り物だったらしい。ハッピーターンが。

「そんなことないですよ。少なくとも昨日の件に関しては謝るなら僕の方です。ごめんなさい。お菓子まで用意してもらって僕は情けないです」

「用意したわけじゃ……って違うの、誤魔化《ごまか》さないで。シズキくん、本当は私のこと邪魔に思っているでしょう？　学校でも私といるせいで茶化《ちゃか》されているし……そういうのってほんっとに嫌。私が元子役なんて肩書きで避けられるのは良いけど、シズキくんに迷惑はかけたくないわ……。私の存在が面倒なんてのは、私だってわかっているの」

　ナギさんは滔々《とうとう》と話すけれど、僕は全くそんな風に思ったことがなくて少々面食らった。儚《はかな》げに視線を逸《そ》らす裏でナギさんはそんなことを考えていたらしい。

「そんな。むしろ僕の方がナギさんに魔法で迷惑をかけていると思いますが」

「気休めの言葉はっ、いらないわ……」

「本当にそう思っただけです」

「そう言えば喜ぶと思っているの⁉」

　ナギさんは急に息を詰まらせた。それから、何かを押しとどめるようにこぶしを作って俯《うつむ》いた。

「ごめんなさい、違うわね、言い合いをしたいわけではないの……もうっ！　私の馬鹿！」

　声を少し大きく上げると、ナギさんは両手を開いて、顔の横に持ってきた。

　そのまま、頬《ほお》をばちーんと両手でたたいた。ナギさんの顔がつぶれる。

「え、どしたんすか」

「仲直り、しましょう」

ナギさんは手を外し僕に向かって真っすぐ差し出した。頬が真っ赤に腫れている。そんなに感情を荒らげる場面だったかな、と僕は柄にもなく若干引いてしまったけどすぐに手をとった。

「……今言ったことも全部、水に流してくれる？」

「もちろん、全力で」

ナギさんが物理的に赤い頬を緩めて笑っていた。我ながら不器用な交流だと思って、つい自然に笑った。

それから割れたお菓子をつまみながら僕らは優雅に下校する……はずだったが、急にぽつりと頭に水が落ちた。コンクリートの床に、濃いグレーの染みがぽつぽつ生まれる。そしてすぐに土砂降りになった。

「水に流すって、こういうことだったんですね」

「馬鹿なこと言ってないで走るわよ」

それから僕らは青春の一幕らしく、雨を鞄《かばん》でガードしながら帰路を急いだ。僕は廃駅を目指して突っ走ろうと思ったのだけど、ナギさんから驚きの一言が出た。

「待って。廃駅より私の家の方が近いから、そこで雨宿りしていかないかしら」

「えっ」

僕がつい足を止めると、彼女も鞄で頭を守った姿勢で、急《せ》いた目のまま立ち止まった。

それは、いいんですか。ナギさんを思わずじっと見てしまう。彼女の表情は平静そのものので……どういうつもりなのだろう？　彼女が考えなしの人間には見えないけれど、男を家に上げるのは普通のことではないだろう。

「超行きます」

しかし僕は、同級生女子の家に上がりたい欲望に忠実な男だった。

16

「お邪魔します」

ナギさんの家は、一言で言えば広かった。門から家まで少し距離があった上に、玄関は僕が手を広げても二人は並べる広さ。石造りの玄関に白い壁、観葉植物は青々としていて開放感がある。玄関先の敷物ですら色彩豊かに彩られていた。

「今、家に誰もいないの。そのまま上がっていいわよ、タオル持ってくるから……」

「今、家に誰もいないんですか!?」

「……そんなに盛り上がる？　急に感情を荒らげないで欲しいわ」

先に家に上がった彼女は僕を流し目で軽蔑したように睨《にら》む。急に自分の頬《ほお》をぶっ叩《たた》くような人に苦言を呈されるのは釈然としないけれど、ともかく、彼女に続いて長いフローリングの廊下を歩いた。

「シャワー浴びてきていいわよ」

ナギさんは脱衣所の前の扉で立ち止まった。彼女の黒髪から水が滴り、床に落ちた。

「いえ、ナギさんが先にどうぞ」

「私はゲストを尊重したいの。風邪でも引かれたら困るわ」

「それでも女性を差し置いてというのでは、男がすたります」

ナギさんは振り返ると、腰に手をあてて僕をじっと冷たい視線で見た。濡《ぬ》れた髪が艶《つや》やかに光るけれど、さすがに寒々しい姿だった。

「粘るわね」

「そうですね、ナギさんほどではないですけど」

僕の身体にも制服が張り付いて重たい。冷たい体のまま、二人見合う。

「……そうですね、ここは公平に、一緒に入る、という……」

「はっくちゅ！　うぅっ……やっぱり先に入るわね、覗《のぞ》かないでよ」

僕の言葉は途中でくしゃみに遮られ、微妙に口が開いたままになった。

「……あ、はい、ぜひぜひどうぞ」

ナギさんは脱衣所に入っていき、僕はびしょびしょのまま廊下に立っていた。

……なんだか踊らされた気分だ。いや、何もおかしくはない。僕は譲っただけだ。だが濡《ぬ》れたままではリビングにも足を踏み入れられない。

なんだか悲しい気持ちになった。


一〇分ほどで、がらり、と脱衣所の扉が開いた。

「はふー……先に浴びさせてもらったわ。って、ずっと廊下に立っていたの？ ……あっ、ごめんなさい。……タオル渡すのを忘れていたわ……」

「いいんです。僕の邪《よこしま》な心に天罰が下ったのでしょう」

湯気を漂わせて頭にバスタオルを被《かぶ》ったナギさんが出て来た。ほんのりピンク色の肌が艶《つや》めいている。よく見れば彼女は下着姿だった。スタイルのいい腰に、下着は白を基調としてオレンジ色のフリルがついていて、どことなく快活さと艶《なまめ》かしさを両立させていた。

「邪な……って」

僕が彼女の恰好《かっこう》に気がつくと、少し恥ずかしそうに身をよじったが、逆にぴんと姿勢を良くした。むしろ体を見せつけるようにしてこちらを向く。目が合うと、少し勝ち誇ったような、なんだか挑発するような瞳でこちらを見ていた。

「…………」

ナギさんは下着姿で仁王立ちをしている。明らかにセクハラ待ちの構えだった。

「……はい、では次に失礼します」

僕は逆に、何も言わずに脱衣所に足を踏み入れた。

「ちょ、ちょっと！」

腕をつかまれた。勝った。無言の意地の張り合いを制したのは僕だった。

「さっきから何か言いたげな目をしてたわよね？　でも、ここは私の家よ？　下着でうろついて悪い？　それに私の裸まで見ているでしょう？　それに……そうよ。そんなところにシズキくんが立っていたから、部屋着を取りに行けなかったの。どう、下着を見られて嬉《うれ》しいかしら？　いつもみたいに喜べばいいでしょう？」

「何も言っていません」

「そう！　ごゆっくり！」

ナギさんはどすどすと隣を通り過ぎていった。

僕は少しだけ嬉しくなった。下着姿で真っ赤に恥ずかしがるナギさんは可愛《かわい》かった。

気分上々で脱衣所に入る。だが、興奮は続かなかった。ナギさんの家であろうと、他人の家の水場というのはどうにも居心地が悪い。服を脱ぐ……脱いでいいのかな？　落ち着かない。鏡を見ると、びしょぬれのへっぴり腰の男が裸になっていた。なんだか情けなさが募ってきて、さっさとシャワーを浴びようとバスルームの扉を開いた。

体を温め終わると、律儀にバスタオルと男もののシャツとパンツ、スウェットが用意されていた。カレーのような懐かしい匂いのするそれは、父親の物のようだった。もちろん、文句なんてない。僕はお邪魔している立場なのだから当たり前だ、それはもう。

僕は居心地の次に着心地の悪さを感じながら、リビングへと向かった。

「あら、お父さんの服似合っているわよ、シズキくん。ふふ」

ナギさんが意地悪そうに笑った。髪は上で束ねられ、快活な印象になっている。服もゆったりとした白のワンピース……レディースのパジャマのようなものを纏《まと》っていた。

整頓された部屋に白い家具、ソファに色鮮やかなラグ、壁掛けの写真。普通のリビングに加えて観葉植物などでアジアンテイストを出している、ちょっとお洒落《しゃれ》なリビングだ。テーブルの上には既にお茶の入ったプラスチックの容器とコップが二つ出されていた。

「お湯頂きました」

「はい。感謝しなさい。……って、お湯張っていたかしら？」

「いえ、シャワーを」

「ふうん」

「……シャワーだけの場合は、『水道代、いただきました』の方が正しいのでしょうか」

「水道代請求の業者みたいね……『シャワーいただきました』でいいんじゃない？」

テーブルにはお菓子も置かれている。「おかまいなく」と僕は本心から言って、席についた。ナギさんもテーブルの対面に座った。

「……」

言葉が出ない。ナギさんに見つめられながら冷たいお茶をすする。いつもはどうやって話していたのだっけ？　なんだかよくわからなくなってしまった。

「……ふふっ」

「な、なんですか？」

「シズキくんでも、緊張することがあるのね」

「当たり前です……そんなに緊張しているように見えました？」

「ガチガチよ。いつも余裕そうに見えるから、そういうのと無縁に見えていたわ。可愛《かわい》いのね」

ナギさんほどではないですよ、と言おうとして、喉につっかえた。やっぱり緊張しているのかもしれない。

外ではざあざあと雨が降っている。雨音が部屋の中に染み渡る。

「急に降ってきたわね、この時期に珍しいわ」

「そうですね、廃駅があんまり水浸しにならなければいいのですが」

そうね、とナギさんは呟《つぶや》いた。物憂げに肘をつくナギさんは外の雨色の景色に合わさって一種の絵画のようであった。

「廃駅……といえば、千歌《ちか》先生は何者なの？　言いにくいのだけど……ちょっと不審者に見えることがあるわ。一度それとなく本人に訊《き》いたのだけど、『私ぁニートみたいなもんだよぉ』しか言わないのよ……」

ナギさんが頬杖《ほおづえ》をつきながら突然声マネまでした。変なところでアクティブだ。

「千歌《ちか》さんは一応、魔法協会という団体から追われる高名な魔法使いですよ。千歌さんが本気を出せばそれはそれはすごいことになるのですが、今は何者かと問われれば……ニートかもしれません。本人曰《いわ》く『町を見張っている』らしいですが」

「ふぅん、彼女はどうやって暮らしているの？」

「僕が食料を持っていけば、食べます」

「……そこら辺の犬じゃないのよ？　千歌先生自身は何をしているの？」

「さあ」

「さあ、って……」

「普段は魔法の研究をしています。最近は何をしているのか僕にもよくわかりません」

「……稼いでいないことはわかったわ」

「でも貯金は多いんですよね、なぜか。僕も学費を出してもらってますから。そういう意味でも頭は上がりません」

ナギさんの眉が興味を示して上へ動いた。白い肌はほんのり赤みを差している。

「へぇ、千歌さんも大人らしいところがあるのね」

「といっても今の収入は僕の短期バイトや魔法協会からの報奨金なので、いつか底をついて共倒れですね、ハハ」

「何笑ってるのよ……それって、将来的にはぶら下がられるわよね」

「いえ、母のようなものですから」

「母親像が歪《ゆが》んでいるわ……」

彼女は頬を緩めてため息をついた。緩やかな吐息に雨の音が重なった。

「それに、『魔法協会』と言っていたけれど……魔法にも協会だとか、そういうのがあるのね、今度こそ『ホグワーツ』かしら?」

「出たホグロフス、もーそんな感じですねハイ」

ホグワーツだかボブサップだか知らないけれど頷《うなず》くと、ナギさんはぱぁと子供のように一瞬顔を大きく輝かせた。

「やっぱりあるのね！　……というか、はじきものと言う割には困ってなさそうだけれど?」

「魔法協会なんてもはや名ばかり、形ばかりですから……もうこの世界に魔法使いなんて殆《ほと》どいませんし、権力もないです。ただ魔物を倒すとちょっとしたお金をくれる機関です」

「ふうん……魔法ってすごい力なのに、もったいないわね」

「そうでしょうか」

「そうよ。私も助けてくれたでしょう？」

彼女は目じりを下げるけれど、今の状態を助けた、と言っていいのだろうか。ナギさんは魔物になるのかもしれないのに……いや、そっちの可能性の方が高いのに。

「そこで黙らないでよ。どうとでもなるのよ」

ナギさんは穏やかに目を閉じてお茶を飲んでいた。笑ってはいないけれど、緊張した様子もなかった。

「……ナギさんって意外と楽観的なんですね。もっとシリアスに物事を考えると思っていました」

「私自身は元々楽観的よ。それに……別にいいのよ。拗《す》ねているわけではなくてね、もし魔法が使えないままなら、そこで役目は終わりってだけだもの。一度ぐらいちゃんと魔法を使えたら楽しかったとは思うけれど」

肩肘張った様子もなく、ナギさんは達観したように僕を真っすぐ見ていた。達観したフリで内心怖がっているのかと疑ってみるけれど、どうにもそうは見えない。……どちらにせよ僕は、一度助けたのなら最後まで面倒を見なければならない。

「僕は、ナギさんに……上手《うま》く言えませんが、頑張ってほしいです」

「頑張っているわよ。でも、ありがとう」

ナギさんは静かにお茶をすすった。自分が招いた問題で、彼女に無理を強いている現実に気分が暗くなる。部屋隅の観葉植物も項垂《うなだ》れるように緑の葉を下げていた。

「……ふぅ。辛気《しんき》臭いのは嫌い。シズキくんのせいよ」

「ごめんなさい。ところで、家に帰ってから密《ひそ》かに楽しみにしていることなどはありますか。僕はあるのですが」

「……話題を変えるのが相変わらず下手ね」

「アパートのポストに入っているチラシの量をお隣さんたちと比べて、僕の方が多いと少し勝った気持ちになります」

「みみっちい上に、辛気臭さが抜けていないわよ」

ナギさんは小さく笑った。僕は安堵《あんど》して、それからとりとめもない話をした。

ナギさんが「散歩の途中で自動販売機を見つけて何が入っているか見るのが楽しみ」という話をして、それが一番盛り上がった。どうやら、僕らの共通の話題はフラフラ歩くことだったらしい。

ぽつぽつと、雨音に合わせるように会話を交わした。ナギさんは本を読むのが好きなこと、ゲームもすること、好きな漫画のこと、そういったありふれたことを僕に話した。いつの間にか僕の口もすらすらと、いつも通りに動くようになった。

「……私、一つだけ……今日シズキくんを家に上げた目的があるの」

会話の途中、ナギさんはリビングに並ぶ家庭的な写真立てを見ながら言った。唐突な言葉だったけれど、僕にはどこか自然に響いた。ナギさんは理由もなく男を家に上げる女性には見えなかったからだろう。

僕はナギさんに続きを促した。ナギさんは言いにくそうに口を開いて閉じて、数回躊躇《ためら》うような仕草を見せてから、伏し目がちに訊《たず》ねてきた。

「あのね……私の顔に見覚えはないのよね？」

「………？？？」

ナギさんは真面目な顔を真っすぐ向けてくる。……逆ナンですか？　と言える雰囲気でもない。ナギさんは一体何を確認したがっているのか。

「本当に記憶がないのね……この写真を見れば思い出すかしら？」

ナギさんが立ち上がり、家族写真の一つに手をかけた瞬間だった。

「ナギ、帰っているのか？」

玄関の方から野太い男性の声が聞こえた。

「え、お父さん⁉　……ちょっと待っててくれる？」

「靴があったけれど、友達か？」

柔和そうな声の後に続いて重い足音。ナギさんはあたふたしている。

「今日は親がいないのでは？」

「あれは……私が言ってみたかっただけなの。お父さんはいつももう一、二時間遅く帰って来るのだけど……いつもはコンビニで雑誌を読んでから帰って来るはず」

「そうなんですか」

普通の家庭というものがどんなものかわからないので、曖昧に返事をした。

「ナギちゃん、ただいま？　お友達来ているのかしら？　珍しいわねぇ」

「お母さんまで!?　『振り向かれる素敵なマダムになるための食事作法セミナー』に行っていたはずなのに……」

「……そうなんですか」

……普通の家庭とはこういうものなのだろうか？　どこか違和感があるのだけど、僕はそれを言語化することができなかった。

「ナギちゃん……あら？」「ナギ、カレシか？　……ん？」

廊下から驚いた顔の壮年の男女の顔が覗《のぞ》き、女性は柔らかな表情に、男性は一瞬驚いたように目を開いてから厳しい表情になった。

「お邪魔しています」

僕は背筋を伸ばして立ち上がり、腰を折って折り目正しく挨拶をした。

何かボケようかとも思ったけれど、初対面だけはきちんとしておいた方がいいのでやめておいた。意外にもそういうところは千歌《ちか》さんに教えられたのだ。彼女の言葉では「一回目はしっかり、三回目からはしっぽり」という軟派男の教養のようなものだったけれど。

そんな僕をナギさんの母であるナギママさんはきゃっきゃと喜び、対するナギパパさんは露骨に顔をしかめた。既に緊張し終わっている僕にナギパパの彫りの深い渋顔は効かなかった。一皮むけた男は違うのだ。

そしてなんやかんやと色々聞かれ、ナギさんが少し不機嫌そうにしているのを申し訳なく思っているうちに、僕はナギ家……正確には家入家《いえいり》で（下から読んでも家入家だ）晩御飯も頂くことになった。

「ねぇカレシさん、シチューは嫌いですか？」

ナギママは慌てたような足取りと満面の笑みで僕のことを「カレシさん」と呼んでくる。二度は否定したのだけど、それ以降は放置している。

「いえ、大好きです。ありがとうございます」

テーブルにシチューとパンが並んでいく。ナギパパはテレビニュースを身じろぎ一つせず見ていて、ナギさんはただ不機嫌そうに口を尖《とが》らせている。なるほど、僕はさっさと帰った方が良さそうだ。

食卓の準備が終わり、ナギママが席につきながらくるりと背中を向けた。

「ねぇヒバナ？　ナギお姉ちゃんがカレシを連れて来たよぉ？」

ナギママが壁に向かってそう言うと、ナギさんは肩をびくりと震わせた。

「……そういうのやめて。シズキくんの前でしょ」

「あら、なんで？」

ナギさんは静かに怒っている。火花……ヒバナというのは誰かの名前のようだった。

「あぁカレシさん。ヒバナというのは妹の名前なんですよ。今はもう亡くなっているんですけれど、こうしていつも報告をしているの。ねぇナギちゃん？」

「あ、あぁなるほど、そうなんですね……」

唐突に「亡くなっている」という言葉が重くのしかかる。藪《やぶ》から棒に、とは言うけれど、棒は棒でも飛び出した撞木《しゅもく》にどつかれたという感じである。なぜ食卓で急にそんな重い話を……。

見ると、ナギママが向いていた方角には写真立てが立てかけてあった。二人の女児がうつる写真だ。片方は青色の服を纏《まと》った静かそうな子で、もう一人はオレンジ色の服を纏った快活そうな子だった。

「ねぇ、そういうの言いふらすものじゃないから……」

「あらぁ、言いふらしてなんかいませんよ？　自分のことは正確に知ってもらいたいじゃない？　カレシさんなんだから」

「……そういうとこ、ほんっと……！　…………はぁ」

ナギさんは一瞬怒りを露《あら》わにしたが、次の瞬間には萎《しぼ》んで、黙々とシチューを口に運んでいた。

「あら、お腹《なか》が空《す》いていたのね……さぁ、私たちも頂きましょうか？　いただきまぁす」

子供のようにナギママは掛け声をした。僕は反応できず、ナギパパは何も言わず、ナギさんは既にギロリと周囲を睨《にら》みながら食べ始めている。居心地が果てしなく悪いけれど、僕のせいなので申し訳ないとしか言えない。胃が痛かった。

僕はスプーンをもってシチューを食べようとしたところ、ナギママに矢継ぎ早に話しかけられた。

「どこで出会ったの？」「学校でのナギちゃんはどうなの？」「ナギちゃんのどこが好きなの？」「パパと出会った頃は携帯電話もなくてね」「ナギは昔の私にそっくりで」「ママは告白されたんだけど、その時に」「大学のスキー同好会で」「雪山ではぐれた時にパパが」「あの時は死ぬかと」「でもね、これが恋だって気がついたの」

やっと食べ始めても、ナギママに質問攻めをされ、いや、途中からなんだか違う話になっていた気がするが、とにかく僕はスプーンを持ったまま固まることしかできなかった。

「そうなんですね」「遭難ですね」

せめて状況をマシにしようと、ナギママに話しかけられる度に僕はにこやかに対応しウイットに富んだ返しをしたけれど、結論から言うと空気が死に絶えていて一向に良くならなかった。

「オイ、きみえ。……カレシに食わせてやれよ、お前話し過ぎだよ」

やっとしかめっ面のナギパパが口を開いたと思うと、どうやら一口も食べていない僕を案じてフォローしてくれたようだった。きみえというのはナギママのことらしい。

「あら、ごめんね。でもパパ、言い方ってものがあるんじゃない？」

「あ？　別に普通だろフツウ……お前が話し過ぎだろ、いつもそうだけどよ、カレシの前でぐらい控えてろよ」

「なぁに、感じ悪い……ごめんなさいねぇ、カレシさん。パパが空気読めなくて」

「読めてないのはお前だろ」

「あらぁ、どこがぁ？」

「ずっとハナシ過ぎだろ。九割はお前が喋《しゃべ》ってた」

「そんなことないわよ、あなたがそういう気分で見るから……」

「お前がずーっといっつも喋っているから……」

なぜか僕の前で夫婦喧嘩《げんか》が始まった。犬も食わない夫婦喧嘩の前には、僕の前のシチューも冷めるしかない。今日は厄日だったらしい。犬も歩けば棒に当たるとはこのことで、棒は棒でも今度は鉄柱に正面衝突という感じだ。

「……シズキくん、本当にごめんね」

ナギさんが項垂《うなだ》れるようにして小さく謝ってきた。なおも隣ではテーブル越しに唾と唾、ギスギス言葉が飛び交っている。

「こちらこそすいません。僕が来たせいでこんなことに」

「違うの。いつもこんな感じなの……」

ナギさんはもう意気消沈というかすっかり項垂《うなだ》れて、僕の向かいで静かに下を向いていた。その間に僕もシチューを口にかき込んだ。

そんな夫婦喧嘩《げんか》は、思わぬ乱入者によって終わりを迎えた。

「………ヒバナ？　バナ、…………ぁ」

廊下から上下パジャマの、サクラ色の髪をした女性がのっそりとした足取りで現れた。

「サクラ叔母さん……」

ナギさんは驚いた瞳で女性を見つめた。サクラ叔母さん、と呼ばれた女性は少女のように微笑《ほほえ》んだ。それからサクラ叔母さん……例に倣ってナギ叔母さんと呼ぶけれど、ナギ叔母さんはうつろな瞳で僕を見た。僕も視線を送り返すけれど、妙な感じがした。

ナギ叔母さんは明らかに僕を視界に入れてはいるが、どうにも僕の姿を捉えているようには見えない。焦点の定まらない瞳で、よたよたと歩いている。

「サクラ!?　起きたの？　自分一人で!?」

ナギママが相当慌てた様子で駆け寄った。ナギパパも立ち上がり叔母の元へ寄っていく。

「ええと……どなたなんです」

「あれは母の妹の……私の叔母よ。色々あって、うちの敷地内の離れに住んでいるの。……見ての通り介護が必要でね、私もたまにお世話するけど、その、色々あって……」

家に母の妹を住まわせている、しかも要介護と。なるほど、この時点であまり関わりたくない情報だ。「色々ある」に文字通り境遇や立場や原因や、色々含まれていそうでおいそれと触れたくない。

「……ヒバナ。わたしと、と、かえ……帰ろうね、ヒバナ、ヒバ」

ナギ叔母さんは色素の薄い瞳とさえずるような声で、ナギさんを「ヒバナ」と呼んだ。ヒバナ、ヒバナ、とナギさんの方へと近づいていく。対するナギさんは一歩後ずさり、恐れた表情をしている。

「……やめて、サクラ叔母さん、やめて」

「サクラっ！　そこにいるのはナギよ！　ヒバナはアンタのせいで亡くなっちゃったんでしょう!?」

「え？」

僕の喉からいつの間にか声が出ていた。

「ヒバナ……ヒバナ……」

ヒバナという子はこの叔母のせいで亡くなった？　なんで僕は他人の家の嫌な部分をたった一、二時間でこんなに見ることになっているんだろう？　ナギパパは大きなため息をついて、サクラ叔母さんの脇を抱えた。

「サクラさん、手を貸そう。戻ろうか」

「サクラっ！　全く、もうサクラのせいで……全部、全部……」

さっきまで険悪な雰囲気だったナギママとナギパパは二人そろってナギ叔母さんの介護をしている。ナギママからすれば妹は要介護で、夫と娘との住まいに一緒に住んでいて……しかももう一人の娘を失った原因で。頭が痛くなってきた。

見ていられず、壁にある写真立てに目がいく。顔の似た姉妹。青色の服の控え目そうな子と、オレンジ色の服の快活そうな子。仏壇こそないけれど、片方の笑顔の女の子の写真の前にお菓子やらが置かれ、灰の入った器が置かれている。ヒバナという子は……。

「……そっちの青色のがナギでオレンジ色がヒバナよ」

僕が写真を見ていたことに気づいたらしいナギさんがそう言った。

「シズキくん、悪いけれど帰ってもらってもいいかしら……これ以上は、見せても不快にさせるだけだから……。今更でしょうし、私から誘っておいて、本当に申し訳ないのだけれど……」

心の底から申し訳なさそうに呟《つぶや》くナギさんに、「そうですね」としか僕は言えなかった。

その後僕は家を出た。ナギさんはせめてお見送りだけでもする、と言ってきかなかったので、ついてきてもらっていた。その間会話は無かったけれど、ナギさんはやや俯《うつむ》いて言葉を発さない。どうやら文句を言うまいと堪《こら》えているようだった。顔が怖かった。

「シズキくんは優しいわね。普通、あんな扱いされたら文句ぐらい言うわよ」

ナギさんは、家から離れてやっと、ぽつりと口を開いた。

「……僕は勝手に上がりこんだ身ですから。食費を浮かせてもらって文句を言う人はいません」

俯いたナギさんから言葉は返ってこなかった。代わりに小さいため息は聞こえた。

「しかし……親御さんについて一つだけ言うなら」

僕が親について言及すると思わなかったのだろう、隣でナギさんが身を硬くしたのがわかった。

「……鼻毛が」

「…………は？」

「ナギさんのお父さん、鼻毛、めちゃくちゃ出てましたよ」

ナギさんはやっとこちらを見て、なにを言っているんだろうこの人、というきょとんとした目を向けてきた。

「……はぁ、シズキくんってそういうことばかり考えてるの？」

「ずっと鼻毛ばかり見そうになってしまって。お父さんの顔見ました？」

それからナギさんは思いだすように斜め上を見てから、小さく口元を緩めた。

「……ふふっ、まぁ、確かに。思いだせばかなり……ふふ、こう、派手にね」

「あれを指摘するのは失礼だと思って、言い出せず仕舞いでした」

ナギさんは小さく、ふふ、ふふと思いだし笑いをしている。込み上げるかのような笑いを何度も繰り返して、咳払《せきばら》いをして、それからはぁーっ、と大きく息を吐いた。

「なによ、私が馬鹿みたいじゃない……。もう……下らなくなっちゃった。ふふっ、あんなのそのままにしておけばいいのよ。今度の父の日は鼻毛切りを贈ろうかしら」

呆《あき》れたようにため息をつくナギさんは、家を出た時の復讐《ふくしゅう》者みたいな表情を引っ込めて、今は穏やかに肩を下ろしていた。

「シズキくん、ありがとう」

「何がですか」

「別に？」

ナギさんは後ろ手を組んでぶらぶらとした。少し落ち着いたらしく、それから僕らは何かいつも通りの会話を少しした。

いつの間にかいつもの十字路まで来ていた。ナギさんが撥《は》ねられた場所を「いつもの」と形容するのもどうかと思うけど、いつもの十字路だった。

「じゃあ、またね」「また学校で」

控え目に腰のあたりで手を振って、僕らは別れた。

夜道で一人になると、夜風が冷たかったことを思い出して、体が前かがみに縮んだ。

……家入《いえいり》サクラという叔母によって、ヒバナというナギさんの妹が亡くなったらしい。

さすがにそれについて詳しく聞くのは躊躇《ためら》われた……しかし一体、ナギさんはどういう気持ちであの家で日々過ごしているのか。家庭は大丈夫なのか。

「……家庭、か」

そして僕は次に、自分にもいるらしい父と母について思いを馳《は》せた。僕はどんな家庭で産まれたのか？　……少し気になったけれど、今は深く知りたいとは思えなかった。

17

「シズキィ～、最近ナギちゃんと随分いちゃこらしているみたいだねぇ？」

次の日、廃駅に足を踏み入れるとニヤニヤ顔の千歌《ちか》さんが待っていた。先に来ていたナギさんは奥で魔法の練習をしている。千歌さんは僕を見て、ビールケースに寝そべったブリッジみたいな姿勢からよいしょっと背中を持ち上げ、ふふんと意地悪な笑みを浮かべた。

「話したかろう、よござんす、えぇ聞きましょう」

「いえ別に……」

いつも通り石の机に学習鞄《かばん》を置いて振り返ると、傷ついた表情の千歌《ちか》さんが口をパクパクさせていた。

「えっ……話してよ！　他の女が出来たからってアタシの扱いを雑にしてない⁉」

「むしろ千歌さんが最近ここに居ないこと多いじゃないですか」

「そーれは……珍しくちぃーっと忙しいだけだってぇー、ね、何でもいいからお喋《しゃべ》りしようよぉー」

珍しく千歌さんは何かを隠しているらしい。誤魔化《ごまか》すように、千歌さんは僕の方に向けて何度もまばたきをして「聞きたい信号」を送ってくる。仕方なく、僕はそれとなく最近の事柄を話した。実際、千歌さんと会話するのは気が休まることだ。

「……は？　ナギちゃんとお家《うち》デート⁇　それは、大丈夫だったか？　何も無かったかい？　や、シズキの貞操を気にしているという意図の発言ではないけれど」

「露骨な言い方はやめてください。色々ありすぎるほどにはありましたが、話せません」

「え～？　それアタシにとっては重要なことなんだけど～。教えてよシズキィ～」

「千歌さんが最近何してるのか教えてくれれば」

千歌さんは両手の人差し指をちょんちょんつけながら気まずそうに目を逸《そ》らした。

「そ～れとこれとは話が別だってぇ。シズキの方は隠す理由なんてないだろ？　アタシにはある。ちゃーんとナントカ海溝より深い理由があるんだから」

「こっちにだって理由はあります。かなり複雑で面倒な家庭の問題なので、吹聴《ふいちょう》したくありません」

「いーよいーよ、家庭の問題だろ？　私にだって扱える」

「無理ですよ、だって千歌さん世帯持ちじゃないんですから」

「ぐはっ⁉」

千歌さんは吐血した。そのまま床に倒れた。

「おいシズキ……『独身イジリと親殺し』の二つだけはダメだって教えただろ？」

「前言っていたのは『友達マウントと寝てる間に鼻をつまむ行為』だった気がします」

「同じだよバカ、読解力を鍛えろ！」

千歌さんは土下座みたいな姿勢で恨みがましく歯ぎしりしている。千歌さんは自称二〇代のくせに若さの話題に敏感なところがある……推定十数歳差の異性の心を推し量るというのはなかなか難しい。

「まったく……もし本当にナギちゃん助けたいならアタシに話すべきだよ？　頼ることを覚えるのも成長だぁね。せっかくの年下気質を活《い》かしなさいっての」

「だからといって家庭事情は話せませんって。ナギさんの魔法とは関係なさそうですし……といっても魔法の方も全然わからないんですけどね。ナギさんが魔法を使うのに何が足りないのか、何をすればいいのか」

僕が頭痛の種を思い出したその時、粉塵《ふんじん》が舞って薄い魔力が一気に濃くなった。道端を歩いていたら突然焼き鳥屋の匂いが存在感を露《あら》わにするのに似て、突然異質な魔力が存在を主張した。

『そんな時は仕事をしましょう！　何をすればいいかわからないと嘆く前に働きましょう！　ちょうど、あなたにしかできない仕事があるんですよ～！』

廃駅の中らしからぬ、スピーカー越しのような音質の女性の声が響いた。

「久しぶりに来ましたね」「げ、鬼灯《ほおずき》だ！」

千歌《ちか》さんがぎょっとして変な声を出す。僕はつむじ風から放たれる声の主の姿を見た。人の形が風の中に構築され、風の霧散と共に彼女は現れた。赤い髪に黒のローブ、つばの広い帽子を被《かぶ》る姿はまさしく魔女の服装。背は小さく、表情は帽子に隠れて見えない。

「久しぶり！　みんな待ってた～？　魔法協会第二支部、貴方《あなた》の街に平和をお届け！　鬼灯ミコでーす！　あっれれ～？　シズキくんまたカッコよくなったー？」

魔女っ子ミコさんは現れるやいなや帽子のつばを上げ、スキップで僕の近くに寄り、ぐいと顔を寄せて来た。肩上までの赤い髪にくりくりした瞳が覗《のぞ》き込んでくる。僕の胸ほどまでしかない小さな体躯《たいく》から繰り出される、男性を上目遣いで覗き込むあざとい仕草。赤髪ボブに小動物らしい可愛《かわい》い目鼻立ちが僕を仕事に駆り立てようと牙を剥《む》いていた。

「お久しぶりです。ミコさん」

僕が微笑《ほほえ》むと、ミコさんもボブカットを揺らしてニコっと笑った。たまに僕のアパートに来るウォーターサーバーのセールスマンみたいな笑みだった。

「何しに来た！　この女狐《めぎつね》！」

「キツネじゃなくて鬼灯《ほおずき》ですよ～。地下二階の魔女さん？　あっ、もしかして忘却魔法を使いすぎて認知症ですかぁ？　ダメですよぉおばあちゃん、ちゃんと外に出ないと～」

ミコさんはタタタ、とでも擬音がつきそうな小走りで移動する。千歌《ちか》さんの前でクスクス笑ったり、くるくると無駄に回ったりする。可愛《かわい》らしい仕草はどれも芝居めいていて、だけれどそれらに僕は安心感すら覚える。この人は嘘《うそ》っぽさが誰より似合う。

「もう忘却魔法は使ってないっつーの、そんなに……。それよりミコ、お前何の用で……」

「はい！　それよりシズキくんです！　久しぶりに良い仕事持ってきましたよ～」

ミコさんが満面の笑みで僕を見た。僕は首の後ろが痒《かゆ》くなった。『良い仕事』という言葉は依頼者側が言う場合、良いは良いでも『クライアントに都合が良い仕事』という意味だろう。

「破壊魔法の使い手シズキくん！　今ちょうど首都圏地下に潜む魔物のご討伐依頼が出ているんですよ～！　噂《うわさ》によると『妙な動き』をするらしく、すでに魔法使いから数人のおケガさんも出ています！　どうです？　戦闘のプロフェッショナル、シズキくんからすれば壊し甲斐《がい》があると思いませんかー？」

ミコさんは身を乗り出し宙に古風な紙を広げ、楽しい話をするかのようにキラキラした瞳で仕事の話へと誘導してきた。なお「おケガさん」はミコ語で死傷者という意味である。

「ミコ、どういう風に『妙』なんだ?」

僕が何かを質問する前に、千歌さんが前に乗り出した。その声は真面目そのもので、こころなしかぼさぼさの髪の毛に緊張感がある気がする。

「えーと、わかりません!　前担当者が倒れているので!」

千歌さんはずっこけた。

「んだよ、使えねぇ」

「わかりました。やります」

「何がわかったんだよシズキ……」

僕が四の五の言わずに引き受けることをわかっていたかのように、ミコさんはスムーズに笑顔を向けて一枚の紙を取り出した。「ここにサインをー」と、ペンまでスムーズに現れる。A4用紙一枚にサインを入れるだけで、僕の命が失われても誰の責任でもなくなる。

拒みはしない。どうせ僕ができるのはこれぐらいだ。

「はいっ、では契約完了ですねー!　やっぱり無茶《むちゃ》させるなら若い男の子にですよね!シズキくん素直でお姉さん嬉《うれ》しくなっちゃいます!」

「僕はこうするしかないんですから。嫌々というわけでもないです」

依頼の内容は少し気がかりだけど、ミコさんがいなければ僕は飢え死にするなんでもない存在だ。僕の姿勢が気に入ったのか、ミコさんは目をきらきら輝かせている。

「あら～好感度上がることしか言わない！　可愛《かわい》い！　連れ帰って犬にしてしまいたい！」

「ちょー、シズキはうちの大事な従業員なんだけど？」

「モグラの魔女さんは黙っていてくださーい。どうせ料理のあまりを貰《もら》ったり、ホームセンターへの買い出しをさせたりする業務ばかりでしょう？　素晴らしい魔力の才があるんだから使わせましょうよー」

「ぐっ……事実を並べるな！　卑怯《ひきよう》だぞ！」

千歌《ちか》さんは怒り、ミコさんは笑う。二人の言い分は正反対のようだけど、人を食ったような性質にはそれほど差がない。つまり、似た者同士のじゃれあいだ。

「もうミミズさんのことはいいでーす。それでですねー、シズキくん！　具体的な報酬の話を……あら？」

ミコさんの目が魔法の練習をしていたナギさんへと向かう。ナギさんもミコさんに気がついたようで、羨望を滲《にじ》ませた目で赤髪を眺めている。

「魔法使いの帽子って可愛い……。あっ、はじめまして……」

「はいー、はじめましてー」

興味深げにしげしげと見つめるナギさんに対して、ミコさんは例のニコニコ笑顔で応対する。コロコロとした果実のような笑みにはドス黒いものを感じざるをえなかった。

「へへえ、どうやら大スクープのようですねー。あーあ、どう見ても『魔法憑《つ》き』ですよね？　まさか一般人に魔法を……！」

案の定ミコさんはくふ、くふと気持ち悪い笑みを浮かべている。ミコさんは人の弱みが主食で、引け目に付け込んで搾り取るのが生業《なりわい》のネットニュースみたいな女性でもあるのだ。危機を察知した千歌さんは、間に入ってグギギと歯ぎしりしながら眉間の皺《しわ》の数だけ頭脳を回転させているようだった。

「……そうだ！『生まれつき《ナチュラル》』の子を保護したかもしれないだろう!?」

「今そこで魔法の練習してましたよねー？　それに、『生まれつき《ナチュラル》』を見つけていたら開口一番自慢してくるでしょー?」

「こいつレスバトルが強い！　シズキ、頼んだ！」

千歌さんに押し出されるようにして前へ出る。ミコさんは勝ち誇るようにニヤニヤしている。

「……お察しの通り僕が『魔法憑き』にしましたよ」

魔法使いが一般人に魔法を使うのは犯罪だ。だが『うまれつき』魔力を持つ人間は保護しなければ魔物になってしまうため、彼らの保護や魔法の教育のために魔力行使するのは犯罪に当たらない。それ以外の理由で一般人に魔力を行使した場合、特に一般人に対し魔力を宿させてしまった場合は『魔法憑《つ》き』と呼ばれ、これは非常に重い罪にあたる。

『生まれつき《ナチユラル》』と『魔法憑き《アンナチユラル》』。この魔法界で区別される、二つの魔法使いの在り方だ。

「ってことは、一級魔法犯罪ですよねー？　あーあ、言っちゃおうかなー。上に報告しちゃおうかなー？」

ミコさんは露骨に強請《ゆす》りをかけてきた。こんな時に、取るべき手段は一つである。

僕は正座をした。廃駅の瓦礫《がれき》が膝にささる。

「……ミコさん、僕は常々思っていたのです。ミコさんの下でただ働きできればどんなに嬉《うれ》しいだろうか、と……」

見上げたミコさんは、まさしく魔王だった。口角をにやりと上げて腕を組む姿に少なくとも人間らしさは感じられない。

「よく言いましたねーシズキくん。シズキくんの手柄は？」

「ミコさんの手柄です」

「私が命令したことは？」

「なんでもします。靴も舐《な》めます」

「えっそれはいいいよ」

靴舐めの趣味はないらしかった。ということで、僕はミコさんの手下になった。悲しいかな全てはナギさんを助けたことが原因なので自業自得である。

それから僕はミコさんから依頼の詳細と報酬についての話を聞いた。報酬はがっつり減らされてはしまったが、僕がなんとか最低限の暮らしをするだけは貰《もら》えるらしい。ミコさんはなんやかんや優しいのだ。

「わかった？　シズキくん？　返事は？」

「わん」

「シズキ犬、お手っ！」

僕は正座したまま、右手をミコさんの手に乗せた。

「シズキくんは時々驚くような従順さを見せるね……本当に汚い犬みたいだー」

「流れには身を任せるタイプなんです」

「むしろ積極的に流されに行ってるよねー。ロールプレイって会話の流れの範囲外ですよ？　やらせておいて何だけどー」

僕は膝を払って立ち上がった。ネタの肝心な部分は引き際というヤツだ。突然冷静になった僕に調子を合わせたのか、目を細めてミコさんが顎でナギさんの方をさした。

「それでー？　あの黒髪美人ちゃんは立派な魔法使いになれそうですかー？」

「……正直厳しいですね」

やっぱり、と言わんばかりにミコさんが短く笑った。

「でしょうねー。同年代は無茶《むちゃ》ですよー？　……さすがに魔物化までは隠し立てできないからね？　悪いけど、そうなったら全部バレるのを覚悟しておいてくださいよー。黒髪ちゃんもシズキくんも、下手したら忘却の魔女さんも処分ですからねー？」

「わかっています。……わかっているつもりです」

「その手であの娘《こ》を殺《あや》めることになっても、ですかー？」

「その時は、その時です」

「はー、だといいんだけど」

ミコさんはそう吐き捨てた。目も何も笑っていない素直で不愛想な顔が隣にあった。

ミコさんは時々、いつもの口調ごと放り投げてぶっきらぼうになることがある。その飾り気のない言葉と荒《すさ》んだ表情は、あの胡散臭《うさんくさ》い笑顔に比べればミコさんなりの気遣いがいくらか感じられた。

18

「……よーし、ポータルできましたよー。しゃきっといってらっしゃーい」

ミコさんは廃駅の片隅に得意の『転移魔法《ポータル》』を設置した。瓦礫《がれき》の床に敷かれた魔法陣から青い光柱が立ち上っている。他者が利用できる転移魔法を使える魔法使いは殆《ほとん》どおらず有用性も高い。年功序列の根強い魔法協会において、この魔法だけで高い地位を確立しているというのも頷《うなず》ける話だ。

「行ってきます」

僕は転移魔法の青い光の中に踏み出そうとしたのだけれど、

「ちょっと待って!」

と、ナギさんが似つかわしくない、大きな声を上げた。つい振り向くと、額に汗を滲《にじ》ませ普段着の上に黒いマントを一枚羽織っている彼女がいた。

「私も、連れて行って」

戦地に赴くには到底不足の恰好《かっこう》であるのに、その瞳は大真面目に僕を捉えていた。

「ダメって言われても、ついていくから」

青い光を通り抜けると地下の線路だった。蛍光灯のオレンジの光に、コンクリートの重々しい壁が照らされている。石っぽい匂いと、しんとした空気の中、僕とナギさんは暗いトンネルに砂利の音を響かせて歩いた。

「まさか千歌《ちか》さんが同行を許可するとは思いませんでした」

「言っていたでしょう? ピンチになれば魔法を使えるかもしれないって。一理あると私は思うわよ。現状を変えるなら無理しないと」

ナギさん平然と言う。出発の前、千歌《ちか》さんは『行きたいなら行かせるべきだよ。生きたいなら、と言い換えてもいいけど』なんて誤魔化《ごまか》しながらナギさんの同行を認めた。笑っていない瞳は彼女なりの考えと達観したドライさが入り混じっているように見えた。

「それでも……魔法が使えないからといって魔法を使わないと生き延びられない場所へ送り込むのは前時代的すぎます」

「結局は同じことでしょう？　私が魔法を使えるようにならないと、どちらにせよ」

「それは……そうなんですけど」

魔物の討伐の場にほぼ一般人がいるのはさすがに荷が重い。魔物の討伐は命がけで、僕はナギさんを守る余裕などない。

『……それに魔物が妙な動きをするっていうなら、ついて行かせるべきだよ』

もう一つ、千歌さんは茶化《ちゃか》す様子もなくそう言った。僕にはその言葉の意味がわからなかったけれど、千歌さんが意味もなく真面目に言うとは思えない。

「でも、ほんとはね」

ナギさんが静かに、毅然《きぜん》とした口調で語り始めた。

「私はね、自分で知りたいの……魔物とは、何か。私はどうなるのかを知りたいの」

「まだなるとは決まったわけではありません」

「でも魔物になる可能性は高いわ。自分の末路を知りたいと思うのは普通でしょう？」

自分の葬式に出るような行為がモチベーションの上昇につながるのか？　……わからなかったので黙っていた。

無言になるといやに足音が大きく聞こえる。ざっ、ざっ、という砂利の音が骨を削る音に似ていて、嫌な緊張感がある。

「……一応魔物の特徴について説明しておきます。被害者は一九歳男性。浪人生。中肉中背で、これの家族が最大二人魔物化。いずれかが『妙な動き』をする個体ですが、その他情報は無しです」

「その、被害者って人を助けるの？」

「いいえそういう意味ではなく……被害者は未来の加害者です」

「……えーっと？　つまり、誰を助けるの？」

「誰も助けません。魔物は全員元人間で、被害者とは『魔法』の被害者です。だから彼らを僕が処分します」

ナギさんが固まった。魔物を殺すという僕自身のことを理解していなかったのだろう。彼女の口が数度開いては、何を言ったらいいのかわからないのかそのまま閉じた。

「ナギさん」

僕は口元に一本指を添えた。僕ら以外の足音がした。

……暗闇の中に何かが動いている。

「……下がっていてください。できるだけ遠くに」

彼女は彷徨《さまよ》わせていた視線をはっと戻し、無言で頷《うなず》いてからじりじりと下がっていった。

目の前の暗闇に敵がいる。四足歩行の魔物特有の不規則な砂利の音が静かに響く。蛍光灯が切れかかって、緑とオレンジの合間の色を断続的に放っている。

じいぃ、照明から掠《かす》れた音がする。空気の流れは生ぬるさを帯びている。一瞬でも気を抜けば自分の腹は臓物を吐き出すことになるだろう。

ザッ――と魔物が動いた気配がした。その場所めがけて僕は右手の五指を突き出す。破壊魔法の波が出て目の前の地面が抉《えぐ》れるけれど、何かを捉えた実感はない。飛び散るはずの血もない。

確実に何か素早く動いたけれど、僕をめがけてくる様子はない――なるほど、魔物は既に僕らに気が付いていたらしい。僕は自分の判断の遅さを呪いながら、彼女に声をかけた。

「ナギさん！　こっちに飛んで！」

「え!?」

困惑しきった声を上げるナギさんに左手を伸ばしながら――右手をナギさんの傍《そば》の虚空へ伸ばす。引きちぎれそうな圧迫感を右腕に覚えた。魔物がいる。ナギさんを受け止める左半身は現世に居るまま、魔力を帯びた右手は彼岸を掴《つか》む。魔力の膜を掴《つか》み取り、魔物の位置を確実に捉える。

「吹き飛べ！」

地下の暗闇を一瞬光で照らし、爆裂、爆音を放つ。

痛い。軋《きし》む、砕けた。右腕が肩の根本から抜けそうになる。発破の反動を体全体で受け止め、強く後ろに吹き飛んで腰を打った。背中に地下道の砂利が食い込む。左半身に抱える柔らかい彼女の体だけは受け止めることができたようだった。

「シズキくん⁉」

「大丈夫です。ナギさんこそ」

「私は平気。ごめんなさい、気がつかなくて」

今の一瞬で魔物は僕の背後のナギさんを狙っていた。気がつくのが遅ければ危なかった。

「すいません、誰かを庇《かば》いながら戦ったことはなくて。僕が甘かったです」

なんとかナギさんの体ごと上体を持ち上げる。ナギさんは恥ずかしそうにしながらもさっさと立ち上がり、僕を引き上げてくれた。砂利の食い込む手が少し痛い。

砂を払って魔物の遺体を確認しに行く。寄って見れば、間違いなく魔物化した人間のようだった。骨格は人間のそれで、体表は黒ずんでなにより顔がオオカミのように毛むくじゃらで口が耳まで裂けている。魔物だが、〝ただの魔物〟という感じだ。真っ先にナギさんを狙ったあたり、行動も普通である。できるだけナギさんに魔物の遺体は見せないようにしながら、魔物の破片を魔法で回収し始めた。

遺体の隣でしゃがんで処理をこなす。その間言葉はなく、それは心地良い沈黙でもない。ひりついた雰囲気というものは伝わるらしい。

「……さっきの魔物になった人、助けられないの？」

ナギさんがおずおずと訊《たず》ねた。それとなく〝遺体〟を意識しているのか、心地悪そうに肩を揺らした。

「助ける方法は全くありません。死人を復活させることと、魔物から人間に戻すことだけは魔法にも不可能です」

「……じゃあ魔物の発生を止める方法はないの？」

「……あります」

道端の暗闇から血の匂いがした、ような気がした。

魔物は殺すしかないが、肝心の魔物を生み出さない方法はある。けれどそれを伝えることは躊躇《ためら》われた——僕が、この世界に引け目を感じている理由そのものでもあるからだ。だけど、そういう面倒な感情を悟られないように、何気なく僕は話すことにした。なんだか話せる気がしたのだ。

「魔法使いがこの世から消え去れば魔物は消えます」

ナギさんは何も言わない——この言葉が意味するところを僕は続けて話す。

「……神代に魔法は唐突にこの世界に現れました。魔法という現象はその時にはもてはやされ、自然科学に代わってこの世を治めていたそうです……ですがその時代、同時に魔物も現れました。突如魔物になる人々と、魔法の戦い……魔法使い最盛期は、魔物の最盛期でもありました。そしてそんな時代も流れ去り、魔法使いの消え去った現代——魔物もほとんど消え去ろうとしています」

「その、昔話が何か関係あるのかしら？」

「はい。ある魔法研究者が結論を出しました。魔法使いと魔物の数はほとんど比例の関係にある、と。魔法が実際にかけられる、かけられない以上に……魔法使いと魔物は表裏一体の関係で同数になろうとする世界の性質があるのです。実際は魔物が勝手に増えて同数以上になり、そこから魔法使いが追従して増える形になるので僕のような魔物狩りが求められますが……。

ともかく、魔法使いは、魔法使いを増やしてはいけないんです。魔法使いの数だけ無辜《むこ》の一般人が魔物になる絶対数が増えます。魔法使いは、消え去らなければなりません」

ファンタジーは好きではない。ここは現実。都合のいいことなんてそうそうない。メリットがあれば、それのしわ寄せは誰かに向かう。持つ者というのは、常に誰かの犠牲の上にしか成り立たない。魔法はその最たるものだった。

「以前、ナギさんは言っていましたよね。『魔法が広まれば便利そうなのに』と」

ナギさんの顔を見られない。僕は何を熱く語っているのだろう、と脳の一部が反発する。

「実際魔法は便利です。にもかかわらず、魔法が絶滅しかけているのは摂理なんです。それは、元々必要がないものだからです。

……魔物になってしまった皆さんは何も悪くありません。ですが、消すのです。被害を増やさないように、魔法というものを秘匿するために……自身が魔法使いだという事実に必死に蓋をして」

きっと懺悔《ざんげ》したいのだろう。僕は人の命を奪っているのです、と。僕は震える声を自覚しながら、一番言いたいことを言った。

「僕は、ただ仕事であるから、自分のために人を殺しているんです。

――魔法は、世界に不要なのに」

魔物を消すという言葉で誤魔化《ごまか》している、自分自身のことを嘘《うそ》偽りなく伝える。ナギさんからの反応はない……当然ない。

僕は立ち上がり、自分の顔に風を送った。ここの地下はやたら暑い。

「こんなことを……ずっと？」

ナギさんがそう、控え目に訊《たず》ねた。

「二〇年も狩っていない程度です、若いですから。……なんて」

暗闇の中に次の気配を感じた。なにかを言おうとしていたナギさんの前に手を出して、伝えるべきことをまとめて話し切ってしまう。

「……魔物は、魔法使いと一般人が両方いる場合、必ず一般人を優先して狙います。一般人に魔力を宿させる行為が、同類を増やす行為だとわかっているのでしょう。……一般人が魔法使いになろうと、魔物になろうとヤツらには同じですから」

ついに妙なノイズが暗闇に混じり始める。ヤツらは近くまで来ている。

「僕から絶対に離れないで」

僕はナギさんの体に手を回して寄せた。拒まれずに彼女は成すがままになっている。守るなら最初からこうすればよかったのだ。体に回した手は柔らかい彼女の腹あたりを掴《つか》んでいる。色気の代わりに殺気を察知しようと努め、僕は腰を低くする。ミコさんの情報によれば、まだ二体は居る可能性がある。

ざざ、とアナログテレビのようなノイズ音が世界に混じる。魔物が近くにいる。

「やるしかない……」

ざりざり、と近くで砂利の動く音がした。息が浅くなる。足から血の気が抜ける。緊張の中でも冷静に考える。相手が僕を仕留めるならどうするか。

何も動かない。確かに敵はいるのに状況は動かず、焦《じ》れる。どこかに隠れている……この廃線にあるのは砂利と瓦礫《がれき》と切れかかった蛍光灯ぐらいで、視界こそ悪くとも隠れる場所はない。

いや、一つだけあった。僕は振り返り指をさっき処理した遺体の場所に向けた。破片は回収したが、まだ肉塊は横たわっている。その肉塊を爆《は》ぜさせると、僕の考えていた通りに遺体の破片に交じっていた一体の魔物が爆ぜた。

頃合いを見計らったかのように、反対方向、暗闇から魔物のもう一体が飛び出た。

僕は当然ナギさんを庇《かば》って、破壊魔法を宿したまま腕を突き出した。しかし。

「え？」

真っすぐ延びる影に——食い破られたのは僕だった。

「シズキくん!?」

僕の脇の下から腹まで、獰猛《どうもう》な牙が突き刺さった。魔物は、僕を狙ってきた。

景色も脳も揺らぐ。なぜ？　痛い。引きずり出される。これは、ダメだ。まずい。

「離れ、ろっ！」

オオカミの形をしていた魔物を捉えようと振った腕は空を裂き、さらに後ろにあった壁を破壊してしまい、退路を崩してしまった。——攻撃を誘導させられた。

おかしい、ヤツらにそんな知能はないのに。足がバネのようなオオカミ型は飄々《ひょうひょう》と、翻った毛並みを見せつけるようにきりもみから着地し、すぐ僕を狙ってきた。

避《よ》けようとしたが——避けられない。よろけた僕の目の前にソレの牙が現れて、仕方なく僕はその牙へと右腕を差し伸ばした。

「……っ、くれてやる！」

彼の牙だらけの口の中に僕の腕が入っていくのが見えて——口が閉じ——意識が飛びかけた。尺骨が弾《はじ》け折れる気の飛びそうな痛み、血が飛び、狂いそうなほどの吐き気。鋭すぎる痛覚と鈍すぎる認識をなんとか魔法で追いつかせ、弾ける魔力回路を言葉に乗せる。

「はっ……あぁっぜろよっ！」

血がさらに噴き出した。それは僕のものではなかった。影の塊と人間だった名残の血肉が爆ぜ飛び、生ぬるい液体に浸された僕の右腕だけが残った。

「……うっ……はぁっ、はっ」

自分のものではない重みが右半身についているようだった。感覚は無い。ありがたい。骨が変な方向に飛び出ている腕は僕の胴体にくっついていた。脳髄まで生ぬるくてぼんやりしながら、久しぶりの死線を越えたことを実感する。

「ナギさんは、大、丈夫で……」

「大丈夫⁉　シズキくんの方が重症じゃない！」

ナギさんは駆け寄ってきた。僕の裂けていない方の肩を支えられて、鈍痛が走る。

「全然です。平気、僕は。もう、……回復、魔法は、回し、しました」

本当は気を失いそうだったが、ここは気張った。僕にだって見栄《みえ》ぐらいある。段々と痛みがひどくなってきて空気に当たるだけでもう痛すぎて、吐きそう、なのを堪《こら》えた。

「ごめんなさい、私、私……足手まといで……せめてこれでも」

ナギさんはいつの間にか切った、自身のローブの切れ端を持っていた。感謝して、うっ血でもしそうなぐらい腕にきつく締め付けた。骨は、あとで形を戻すことにした。


正直、そこからどうやって廃駅まで戻ってきたのか覚えていない。

僕はいつの間にか廃駅のブルーシートにあおむけに倒れていた。右腕は蔦《つた》でぐるぐるにまかれている。千歌《ちか》さんが処置してくれたらしい。

そしてそんな僕を泣きそうな顔でのぞき込むナギさんがいた。

「……っ、大丈夫でしたか、ナギさ……」

「もうっ……良かった……」

「おおっ」

ナギさんの頭が優しく僕の腹の辺りに乗る。泣き入りそうな声で、自然な動作で僕に体を預けてきた。体が軽く跳ねて激痛が走るが、僕は今初めてナギさんから積極的にボディータッチをされているのだ、と何度も言い聞かせて堪《こら》えた。

「無茶《むちゃ》しないでよ……こういうのって残される方がつらいのよ？」

「ごめんなさい」

「……ただのわがままよ。私の方こそごめんなさい。ありがとう」

目の下が少し腫れぼったい感じのするナギさんは、細い鼻の線を真っすぐ僕に向けて微笑《ほほえ》んだ。しかし、すぐに頬《ほお》のあたりが膨らんでぷくっと怒りを示す。

「それに、馬鹿っ。大切なことは先に言いなさいよ。一般人を連れて行くのが危険だって知っていたら私だって行かなかったわ。千歌先生にもさんざん怒ったけれど」

「そうだ、千歌さんに聞かないと……」

僕が上体を起こそうとするけれど、

「まだ起きちゃだめ。私が呼んでくるわ」

ナギさんにそう止められて、僕はまた横になった。


「シズキ、具合はどうだい？」

しばらくすると、例の愛すべき気だるげお姉さんの声が聞こえてきた。目を開ける。微笑む千歌さん……の右頬にがっつり赤い手形がついていた。ナギさんに張り手くらってる。

「具合は……もう、最高ですね。これから腕が不自由な間、ナギさんに色々とお世話をしてもらおうかと思っているので」

「その腕あと半日で治るよ。なんせアタシの魔法だからな。筋肉落ちてるし夜中に関節痛とかひどいと思うから、痛くてもちゃんと動かせよ」

「魔法って便利ですね。ハハ」

僕の邪《よこしま》な願いは通らなかった。それにデメリットの方向性が地味に嫌なタイプだ。

「そんなことより千歌《ちか》さん、知っていたならちゃんと言ってください」

「言葉はいつだって不自由だからなぁ」

「魔物の件は教えてくれてよかったでしょう。ナギさんを連れて行かせたのは、『妙』なのを確認させるためでしょう？　ヤツら、僕を直接狙ってきました」

僕の言葉に千歌さんは眉をぴくりと動かした。

「やっぱちゃんと言うべきだったね。やー、ごめん、ナギちゃん」

「目の前の僕に謝ってください」

あの魔物が「魔法使いを優先して狙う」個体であることを千歌さんは知っていた。だからナギさんを連れて行って確かめさせたのだ。千歌さんをそう問い詰めると、彼女はいけしゃあしゃあと認めた。

「で、あの魔物は何なんです？　ヤツら知能も高かったですよ。何か知ってるんでしょう」

「それは……うーん、言わなきゃダメ？」

千歌さんは顎に手を当てて可愛《かわい》らしく上目遣いをする。おちゃらけた態度は何か本心を隠すときの常套手段《じようとうしゆだん》。ミステリアスだが語りたがりの彼女は、露骨に何か大切なことを隠していた。

「僕の腕の骨、それは酷《ひど》い折れ方をしたんですよ。知ってます？　腕の太い骨が折れる時の音って。ぎぎ、とかじゃないんです。……バキっ！　って、破裂するんです。工事現場の鉄骨が落ちたかの如《ごと》く……」

「わあーったよ！　わかった、言うって！　だから、アタシの嫌いなヤツが裏で糸引いてるって話！　……黒幕は、『アタシの敵』だ。あの魔物を生み出したのは多分ソイツなんだけど、それでアタシはあれこれ奔走していて……」

千歌さんが珍しく慌てながら、まくしたてるようにして話した。「アタシの敵」なんて風に千歌さんが断定的な言い方をするのは珍しい。

「……続きは？　それだけ？　最後の方ぼやかしすぎでしょう」

「ヤダ。それは言いたくない。シズキには悪いけど、お互いのためだから。これだけは譲れない」

千歌さんはぷいっとそっぽを向いた。

「……僕の腕の骨が」

「それでもダメだ！　これだけは茶化《ちゃか》せない。シズキにだけは、言えない」

千歌さんはそれでもかたくなに、僕に隠そうとした。

だから僕は、絶対に暴いてやることにした。

19

千歌《ちか》さんに言われた通り、魔法で修復された腕は形ばかりは修復してもしばらくまともに動かず、リハビリを続けながら日々の学生生活を過ごしていた。

人の波にもまれ、笑顔とお約束を繰り返す日々。最近はナギさんと話す時間が僕の楽しみであった。そんな折、一つの機会が訪れた。

僕らの学校は一一月の中旬に文化祭をする。選ばれたのは喫茶店。規制と慣例に阻まれながらも食品を扱うことに決まった。といっても僕とナギさんは装飾係に任命され、週一回のホームルームの時間を折り紙で過ごすこととなった。

「シズキくん、腕大丈夫?」

「怪我《けが》のお陰で楽な仕事を割り振られるのなら、なんとかの功名ってやつです」

僕らは廊下の隅で折り紙を折っていた。文化祭実行委員にそれとなく腕の怪我を伝えたところ、この仕事を割り振られた。ついでに「あの家入《いえいり》さんを落としちまえ」と友人には無駄な茶々を入れられている。

「ところでナギさん、折るのは鶴ですよね」

文化祭の装飾の定番かは知らないが、ともかく僕らは折り鶴を折っているはずだった。

「そうね」

「ところでその、将棋のコマの形のようなものは？」

「鶴よ。知らないの？」

僕のデータにない形の鶴だった。折り紙が限りなく平面に近くなっている。

「鶴の新たな一面を見た気分ですね」

「……こうして誰かと一緒に手を動かすの、悪くないわね。本当はあまり立体造形は好きではないのだけど」

「でしょうね」

ついツッコむけれど、茶道のような淑《しと》やかな姿勢で鶴を折るナギさんには届かない。あんなに美しいのに、憂いを帯びた姿なのに、手元で前衛芸術的な鶴を折っている。

「……昔から家ではぬいぐるみなんかが動いていることが多くてね」

「急になんですか、ホラー？」

「うちはよく地鳴りがあってね、家の地下に空洞があるとかでなんとかで……ともかくそのせいでお人形がいつも置いていた場所から動いてることが多くて。昔の私は、ぬいぐるみは見てないところで勝手に動くものだと思ってたの。人形にも玩具《おもちゃ》にもきっと魂があるって……だから……シズキくんなら笑わないと思って言うけれど『本当は折り鶴にも心があったらどうしよう』なんて考えがつい頭の隅をよぎって、ちゃんと折れないの。お人形はよくできてるほど、悲しく見えるわ」

　ナギさんは細い肩を丸くして、静かに床へ言葉を漏らしていた。なるほど僕にはない視点だ。しかし心の機微はともかく鶴は丁寧に折ってほしい。ナギさんの独白に対し「あ～」と曖昧に頷《うなず》くと、ナギさんは半目で不満げに僕を見た。

「……あまり同意は得られなそうね？」

「すいません。でも僕もこの折り紙全ての裏側に『呪』って書いておけば誰か気がついて騒ぐかなとか考えたりするので」

「なんでそんなことするのよ」

「やはりそう思いますよね。そういうことです。ちゃんと同意できなくてすいません」

　ナギさんは一瞬止まって、それからいつも通り物憂げな表情に戻って肩の力を抜くように息を吐いた。

「……そうね、安易に理解を示さないのも誠実さとして受け取っておくわ。それにしてもどうして適当なことばかり……もう、シズキくんってめちゃくちゃで、理解し難いわ」

「僕は変人扱いで喜ばない側ですよ、男子高校生の中でも」

　埃《ほこり》っぽい空気の中にナギさんの大きなため息が消えていった。

「羨ましいわ、堂々とおかしくて。すぐ言葉の裏をかくのやめた方がいいわよ？」

　ナギさんは肘で脇腹を強めに突いてきた。斜めに倒れそうになるけれど、僕は体幹が強かった。微笑《ほほえ》み返すと、ナギさんは苦々しい顔をした。

そうしてまた作業を黙々と進める。雰囲気は穏やかで、僕はとうとう、半分の鶴の裏側に「呪」と書いたことを告白できなかった。


それからなりゆきで僕ら二人は最後まで残って作業をしていた。周囲には数えるほどしか学生がおらず、もう部活が始まったようで外では元気な掛け声が響いている。

「……どうして私たちが最後まで残っているのかしら。帰宅部の扱いが悪くない？　別にイベントに参加するのが嫌ではないのだけど、本当に。でも……誰も真面目にやらない中でこうも地味に進めるのはモヤモヤするわ」

ぼやきが多いナギさんだった。最近は涼やかな顔をするナギさんの小さな表情の動きだけでなんとなく不快や不満がわかるようになった。多分、近くにいれば誰でもわかる。

「今は『文化祭とか真剣にやるのかっこ悪くね？』党が優勢だから耐えましょう」

「そういうのって下らない」

「ですがあと一週間で『てかやらない方がかっこ悪くね？』党が覇権をとりますよ。魔法を使わずとも未来が見えます」

「そういう……心底下らないわ」

非社交性をそのままスタンプにしたかのような顔でナギさんは吐き捨てた。僕らも支度をして、そろそろ帰ろうかという折、ナギさんが窺《うかが》うように僕を見た。

「そういえばシズキくん、今日は廃駅に寄らなくてもいい？」

「ええ、構いませんよ」

　そういえばここのところずっと一緒だった。魔法の問題があるといえ、使命に生きるのも退屈である。僕らは何気ない会話をして、その日は別れた。

　それだけならよかったのだけれど、ナギさんは次の日も休むと言った。僕はもちろん、構わないと伝えた。


　その次の日。ナギさんは授業終わりに平然と教室から出て行った。誰かに捕まる前に、僕は席を離れてナギさんを追って声をかけた。

「ええと、今日は廃駅に来ますか？」

　ナギさんは教室から追いかけられたことを気にする様子もなく、平然と答えた。

「今日もいいわ」

「そうですか。忙しいんですか？」

「最近勉強できていなかったからしたくて。あと、漫画を読みたいの」

　漫画。とついオウム返ししてしまう。……それって忙しいのか？　一応、緩やかにでもタイムリミットは迫っているのだけど。

「漫画もいいですよね。好きですよ『ワンピース』とか」

「そうね。シズキくん、誰に対してもそう言うでしょう。相手が話題に合わせやすいだろうからって有名なものしか話題に上げないの」

澄んだ横顔のナギさんはなんてことないように核心を突くことを言った。僕の張り付けた笑顔の裏で、心臓が斜め上にどくんと動いた。

「……参考までに、いつから気が付いてました？」

「聞き耳立てていればすぐわかるわ。だから軽薄だと思われるのよ？　自分の好きなものを言えばいいのに……と、私なら思うけれど、そうしないのもシズキくんなのよね。最近わかってきたわ」

なるほど、相手に自分のことを言い当てられるのってこういう気分なのか。下手なことは言わないようにしようと心の中で誓った。

「でもね、もうちょっと本音で話したって誰も気にしないわよ。元子役なんて大層な肩書きのくせ、誰にも気にされていない空気の私を信頼してほしいわ」

「よりどころが後ろ向きすぎます」

卑屈すぎる意見だが、なるほどと思わされた。僕はつい、人の言外を推し量ろうとする癖がついてしまっている……たまにはストレートに、千歌《ちか》さんと話すように問いかけてみることにした。

「なら尋ねますが、僕は最近ナギさんのことがわからなくなってきました。魔法の練習をするのは嫌になりました？」

ナギさんは一瞬びくっと肩から上を震わせ、それから周囲をきょろきょろ見渡した。

「外で話しましょう」

ナギさんに連れられるまま、僕らは校舎の裏側までやってきた。

「……シズキくん、魔物と戦った時、言っていたでしょう。魔法使いと魔物の数は比例にあるって」

僕から見て背中を向けたまま、ナギさんは静かに語り始める。その内容が内容だけに……僕は手汗を拭いた。あまり良い話ではないと見た。

「はい。それは間違いありません」

「なら私が魔法使いになったら、誰か、知らない誰かが魔物になってしまうのよね？」

「……そうですね」

「だから私考えたのよ。別に、私が魔法使いになる必要ってないのよねって」

ナギさんはそう言って振り向いた。その顔はわずかに微笑すら携えていて――何を考えているのかわからなかった。言葉の意味も、表情の意味もわからない。

「すいません、どういう意味ですか」

「だから、やめるわ。魔法使いになることを」

意味が、意図が、言葉にされても届かなかった。穏やかな笑顔の彼女が遠く見える。

「ナギさん、これはなるとかならないとかではなく、助かるかどうかって話なんです」

「でも誰かが助からなくなるわよ？　私が魔法使いになれば」

「そうですけど、……いや」

それ以上言葉が出ない。確かにそうだけど、おかしいだろう。目の前のナギさんばっかりが涼やかに立っていて、心地が悪い。

「あの、シズキくん。私そんなに変なことを言っているかしら？　私なりに考えたのよ」

「僕にとっては変です」

「どこが」

ナギさんの声がわずかにいら立つ。言っている意味はわからないのに、そんな細かい感情だけがわかってしまう。僕も何かに背を押されるように、焦りをそのまま声に乗せる。

「何言っているんですか？　配慮を取っ払って言いますが、それは要するに死ぬってことですよ」

「そうね」

「なに平然としてるんです？　僕は見ず知らずの誰かよりナギさんに生きていて欲しいです。当たり前でしょう？　ふざけてます？」

しまった言い過ぎたか、と反省するけれど、ナギさんはわずかに顔を赤らめた。

しかしすぐにその照れのような何かは引っ込み、またあの意味のわからない、諦めのような、わずかに微笑すら携えた表情になってしまう。

「ナギに生きていてほしい……のよね。そうよね、わかってるわ。その気持ちは嬉《うれ》しいの……でも、どうしても私は」

そうだ。これは「傷ついた」表情だ。僕の言葉の何に傷ついたのか、全くわからない。ナギさんはそのシニカルさの中で影を濃くする。

「今から言うことは、自分でも子供っぽいってわかっているのだけど……」

「ナギさん、一体なにがそんなに怖いんですか」

僕は呼びかける。だがナギさんはもう、自分の言葉を止めようとしていない。いつか彼女の家で見せたような、何かを噛《か》みしめた恨みがましい目を足下に落としていた。

「私、助けてなんて頼んでないわ」

——頼んでいない。そりゃそうだ。僕はいつだって、勝手にそうしただけだ。撥《は》ねられていたから助けて、勝手に魔法を使って、それで……。

だけど、そんなこと言われたって。

気が付いたらナギさんはもう背を向けて、僕から離れていく。……なにぼーっとしている斬桐《きりとう》シズキ。追いかけないと。

「ナギさんっ」

「来ないで！　……来ないでいいのよ、そうして、お願い」

声をかけた瞬間拒絶される。ナギさんはそのまま走り去ってしまう。

僕は何かを間違えたのか？　正直全くわからない。女心と秋の空、というのは移り変わりやすいものの喩《たと》えだけれど、まさしくコレのことだろうか。

寒空の下、呆然《ぼうぜん》と立ち尽くす。

いや舐《な》めたこと言っているんじゃない、と自分を叱責する。今知るべきは女心じゃなくて、ナギさんの心だ。彼女は明らかに何かに悩んで泣きそうな顔をしていた。嫌われても仕方ない、と彼女を追いかけることにした。

「ナギさん！」

駆けるナギさんだったが、僕の方が足が速いので、校門の辺りですぐに追いついた。しかしナギさんは振り向かない。仕方ない、一気に僕は近づいて……。

「あれ？　シズキっちと、家入《いえいり》さーん？　帰るカンジー？」

ちょうど門を出るナギさんの手首を掴《つか》んだ瞬間に、後ろからクラスメイトの女の子に声をかけられた。

「来ないでって、言っているでしょう！」

ナギさんが青白く光を帯びた。同時に――一〇メートル少し後ろまでクラスメイトが来ている、まずい！

「危ないっ！」

僕はとっさに、クラスメイトの方へ駆けた。華奢《きやしや》な女生徒を覆い隠すように、大の字で立ちふさがる。

その直後吹き荒れた風を背中で受け止めた。魔力の波を背中に、目の前の驚いた顔の子をとにかく晒《さら》さないように守った。

「大丈夫ですか!?　体は！」

「う、うん……今のなに??　なんか一瞬光ったくね？」

一通り魔力が収まったことを確認し、彼女の体を確認する。……特に変化がないように見える。

「今のは……文化祭用のクラッカーです。当たると体が変形するので……本当にどこも変化はないですか？」

「え、危なすぎね？」

「具合がわるくなったら……そうですね、僕のスマホにメッセージしてください。できるだけ今見たものは内密に。なんでもします」

「なんでも!?」

「それと……あぁ、ナギさんが！」

僕が校門を振り返ると、そこにはナギさんはおらず、代わりに全身青い服装にモップを構えた、堂々たる姿勢の女性が居た。

「シズキ、ナギちゃん追え」

それは僕のよく知る愛すべき師匠、千歌二絵《ちかにかい》の声だった。彼女は青いツナギにキャップを被《かぶ》った、学校の清掃員の恰好《かっこう》をしていた。しかもさっき魔力を暴発させた校門の上で、モップを使い文字を書いている。

「千歌さん、どうしてここに？」

「偶然だよ偶然。ナギちゃんの監視なんかしていない」

キャップに隠れて表情は見えない。ギャグなのかなんなのかわからない、千歌さんの姿とふざけた説明を……今は無視することにした。

「……事情はあとで説明しますが、そこでナギさんが魔ほ……アレを使ってしまって、あとは任せても……」

「あーはいはい全部見てた。てか、アタシが障壁も張った。面倒ごとは年長者に任せて早くナギちゃんの方行っといで。見失うとどうしようもないぞ、猫になってたし」

「……！　はい、お願いします。ありがとうございます」

清掃員姿の千歌さんに任せて、僕は校門を飛び出た。どちらに行ったかわからないが、とにかく進むしかない。

「アー、セイソウチュウデース。校門のマジの端っこを通ってクダサーイ……やべ、ナギちゃんの服散らばってる！　てか、下着これアタシのじゃん！　なんでナギちゃんが着けてたんだ……？」

背後の頼もしい、頼れる彼女の声を聞きながら僕は絶対にナギさんを逃がさない意思を固めた。

※

商店街のガラスドームの上から町を見下ろした。

灰色の空の下、風は冷たく体温を奪ってくる。まさしく忍者のように音を立てないように静かに足を動かし、僕は周囲を見渡した。

久しぶりに僕は自身に身体強化の魔法を付与している。自身の肉体を変化させる魔法は周囲に魔法の影響が少なく、日常でも使用できる。ドーピングみたいなものだから、緊急時でもないと使わないけれど。

ともかく、ナギさんをすぐに見つけないといけない。猫になっているナギさんが歩き回るだけならともかく、魔法が暴発する危険性はいつだってある。それに猫の姿に慣れていないナギさんが、その姿のまま一晩を越せるのかわからない。

何処《どこ》から探したものか、と頭に手を乗せると、冷たい水が手に落ちた。雨だ。一〇月下旬の秋の空は、女心のように突然牙をむくらしい。

「……これも、水に流せるといいけど」

言っている場合でもない。とにかく僕は、がむしゃらに町を飛び跳ね、駆け回ることにした。


三時間が経《た》った。飲食店の軒先で立ち止まる。雨が滝のようにビニルの天井をうち降ろしていた。僕自身足の疲れはないが、全身が冷えてしまった。雨はどんどん強くなる。夜には土砂降りになる、と定食屋から聞こえてくるラジオが言っていた。

一度頭を袖で拭い、考え直す。街中から一匹の子猫を見つけるという作業にどだい無理があるのだ。場所を絞って考えることにした。

唯一の望みは、ナギさんが人間の心を持つこと。慣れない体で高所にいるとは思えない。同時に、水路や下水を徘徊《はいかい》できるほど野性味あふれているわけでもないだろう。分析し、電池の少ないスマホでマップを開いて目途を立て、雨空の下に駆けだした。


それから二時間が経った。正直、心が折れそうだった。

合計で八時間を超える捜索時間を経て、ついにその姿を捉えた。

駅前路地の飲食店のひしめく区間。やや収まった雨脚の中、臭いがきつくも生ぬるい風の吹くダクトの前に、黒いチョーカーをつけた黒猫はいた。辺りはすっかり暗くなって、店内からの黄ばんだ光が路地に落ちていた。

「ナギさん、探しました」

僕が声をかけても子猫の反応はない。悠然とした、猫っぽい動作。少しこちらを警戒して、遠目に見ながら尻尾をぷらぷらとさせている。

「普通の猫のフリしたって無駄ですよ、ほら」

僕は鞄《かばん》をまさぐって……旗を取り出した。つまようじの旗。いつか彼女に持たせた、○と×が書かれたお子様ランチに立てるような可愛《かわい》らしいもの。今までに会った黒猫はこれを見せても反応しなかったが、今度こそ確信があった。

「にっ」

予想通り猫は小さく鳴いて、それからしまった、と尻尾を立てて逃げ出そうとした。黒猫がまたも路地に隠れる前に、僕は一瞬だけ本気で駆けた。

「捕まえた。やっぱりナギさんですね」

風を切って、僕は猫を抱え上げた。腕の中で暴れる黒猫。僕の皮膚を思いっきりひっか

くけれど、怯《ひる》みやしない。魔法の乗った僕の足は猫の初速より遥《はる》かに速い。

「……大人しくしてください」

それから僕は彼女の体の中の魔力を調整した。内心を表すかの如《ごと》く荒れ狂う魔力を鎮めると、いつの間にか黒猫のふさふさとした体表は、つるつるとした人間の白い肌に戻っていた。

「……放っておいてくれればいいのに。私、シズキくんに迷惑かけずに消えるわよ?」

自分の恰好《かっこう》にも気を遣わないまま、ナギさんは俯《うつむ》いて声を震わせた。

「服は途中で買いました。はい、コートもどうぞ」

僕は濡《ぬ》れた素肌にコートをかける。しかし、彼女の震えが止まることはなかった。

「また、さっきみたいに危ないことがあるかもしれないのよ……シズキくんが庇《かば》ってくれたからよかったけれど、誰かに魔法を当てていたら……」

「結果大丈夫だったんですから平気です。次があったとしても僕がどうにかします。さ、帰りましょう」

「私は、もう諦めたいわ。魔法使いにならなくたって……あと半年は……」

「それだけはさせません」

両手で押さえて目を拭う指の隙間から、鋭く僕を射抜く瞳があった。

「どうして?　私が助からなきゃいけない理由はないわよね?　シズキくんにとってじゃ

なくて、私にとって」

「……それは」

「ごめんなさい、もう私……わかってる。駄々《だだ》をこねているだけなの。私が自分で解決しなきゃいけないことなのに……私がダメなの、わかってるわ……どうして、こうなの？いっそ今のうちに居なくなればいいなんて、そんな下らないことを考えているのかしらね？　恥ずかしいわ。私、幸せなのに……シズキくんも居て、それでいいはずなのに……」

ナギさんは僕の肩に濡れた頭を置いて、俯いた。冷たい水が僕のシャツを濡らしていく。

僕は彼女の背中をコート越しにさすった。

僕には——発見したことを安堵《あんど》すると同時に、やはり理解ができないことがあった。

何がナギさんをそこまで追いつめているんだ？

ただ、自分が魔法使いになれば誰かが傷つくから。それだけの理由でここまで切羽詰まった行動をするだろうか。もちろん一因であってもそれだけでするような、行き過ぎた献身の結果には見えない。

「もしまた魔法を使いそうになったら、いっそこのチョーカーが絞めてくれればいいのに。シズキくんがくれたものにならば……」

「……帰りましょうナギさん。疲れたでしょう」

つまり、なぜ彼女が頑《かたく》なに自分を諦めようとするのか。それがわからなかった。

20

それから土日を挟んだ。ナギさんと会話はしていないがメッセージでの謝罪文は来た。お互い冷静になる期間は必要だった。

週もあけ、千歌《ちか》さんによって魔力の後始末が終わり、そろそろ文化祭に向けてクラスが団結するかに思えた週初めの出来事だった。

最近の教室は、文化祭云々《うんぬん》よりもペットブームで盛り上がっていた。以前、僕が猫ナギさんを連れて行ったことを契機として流行《はや》っていたのだ。

概要としては、クラスの何人かが協力してクラスにウサギを連れ込んだ。それから見事な連携で係を作り、教員に利用していない飼育小屋の使用を許可させ、交替当番で世話をし、高校の一幕に花を添えるようにみんなでウサギを可愛《かわい》がり世話をしていた。

そんな風に何気ない日常の一幕として終わっているのなら、それでよかった。だが事件は起きた。

月曜日、朝一番に生徒が登校すると、教室に置き去りのウサギが居たという。飼育小屋に入れるか連れ帰るかがルールであったのに、誰も餌をやらずに閉じ込めて土日をまたいでしまったため、脱水と空腹で死にかけていた。

担当のはずの生徒は登校したけれど、いつの間にか消えていた。小学生のような飼育の交替当番は、それに専心するわけでもない高校生には荷が重かったのだ。

教室はひっそりとした罪悪感に包まれていた。当のウサギは既に飼育小屋まで連れて行かれ、水と餌を与えられているらしいがもう長くないらしかった。誰もがウサギのことを気にしているのに、誰もそのことを話さない。

「……魔法で助けられないの？」

文字通り教室がお通夜のような空気の中、ナギさんが耳打ちしてきた。週明けの初めての会話なのに、また何だか嫌なモノが漂っている。

「……命を助けた瞬間に魔物化しますね」

「やってみないとわからないじゃない？」

「そうかもしれませんね。でもそうやって助けようとした挙句、僕が消すことになると思いますよ」

僕は——自分の失言に気がついた時には遅かった。

私のことを言っているの？　と、ナギさんに言われた気がした。ナギさんの流した視線が表皮に刺さる。

「……すいません。配慮のない言い方でした」

「いえ……私こそ軽率なことを言って悪かったわ」

ナギさんは伏し目がちに息を吐いた。

その俯《うつむ》いた寂しげな瞳が、死にかけたウサギに重なった。


昼休み、僕は花壇近くの飼育小屋へ向かった。息絶える寸前のウサギの周りに一人二人と人がいたけれど、僕が来るとそそくさと逃げるように去っていった。怒りに似たやるせなさがふつふつと湧く。

飼育小屋の傍《かたわ》らに座り、ウサギの体表を撫《な》でた。ほんのり温かく、動かない。生き物の温かさが失われていくさまは見るに堪えなかった。その萎《しな》びた毛並みに、反応なく落ち着いた瞳に、折れた耳に……死の気配が満ちている。鼓動が速くなる。チャイムが鳴った。

授業開始の一分前、周囲には誰もいないことを、誰にも見られていないことを僕は入念に確認してからウサギの頭に手をかざした。

ずっと考えていた。ナギさんの言うことには一理ある。やらないで諦めるよりは、やった上で諦めるべきだ……魔法のルールに反していることであったとしても。

「『苗』……頼むよ」

倒れて息の浅いウサギの周りに植物が生えていく。生命力と魔力が飼育小屋の周りに満ちていった。

「……っ！」

だが――ダメだ。すぐに気がついた。苗の中から、強い力でウサギが草を噛《か》み切ろうとしている。さっきまではそんな力はなかったのに。

すぐに苗の隙間からウサギの顔が見えた。目は赤く血走り、歯茎がむき出しになっている。フランケンシュタインみたいに顔の半分が黒く痣《あざ》になっている。過剰な魔力を浴びた際の症状だ。ウサギは魔力に耐えきれず、魔物になろうとしている。

「……すまない」

僕はすぐに苗の魔法を止めて、刹那、右腕でそのウサギの首を掴《つか》んだ。

――破壊。小さく呟《つぶや》くだけで、ウサギは爆《は》ぜて塵《ちり》になった。

『助けようとした挙句、僕が消すことになると思いますよ』

手に残る温かさを振り払いながら、自分の言葉を思い出した。

わかっていたことだった。ほぼ一〇〇%、人間以外は魔法を受ければ魔物化してしまう。魔法を使える固有種になることはほとんどない。ならば、僕はなぜこんなことをしたのだ？　ナギさんに言われたから？　違う気がする……きっと傲慢な心があったのだ。僕なら救えるのではないか、と。

魔法は誰かを救う力ではない。それだけのことだ。

だというのに――心臓が速くなる。呼吸が困難になる。命が冷えるその瞬間、全てが失われ死に向かう瞬間が大嫌いなんだ。

胸の窪《くぼ》みあたりが痛くてたまらず、ふらふら歩いて水道にたどり着いた。ふと正気に戻って自分の意思で何かの命を損なったことを意識すると、途方もなく嫌な気持ちになる。壁に頭をめり込ませたく、呻《うめ》きたく、髪の毛をむしりたくなる。だから、だから嫌なのに。また、誰のためでもなく一つ死んだ。

顔に水を浴びせる。……落ち着け。僕はいつも落ち着いている、そうだろう？　何も気にしていない顔になるまで、何度も、何度も冷や水に顔をつける。

どっと肩が重くなった。心を動かすと急に気だるくなるんだ。濡《ぬ》れた顔を手のひらでこねくり回し、できるだけ元気に見えるよう中指と親指で口角を上げた。顔を何度も拭いて、それから僕は教室に戻った。

21

授業後、何食わぬ顔で僕はみんなに伝えた。「ウサギは亡くなり、自分が既に埋めた」と。クラスでは皆、どこか悲しみながらも安心していたように見えた。

一日の授業を空虚に過ごしてはや放課後。なんだか最近は散々なのでさっさと帰ろうとしたところ、下駄箱《げたばこ》でナギさんが待っていた。

「シズキくん、少し話したいの」

僕は頷《うなず》いた。ナギさんの無表情さの中に、何か鬱屈したものを見て取れた。下駄箱から見えた空は、嫌になるぐらい綺麗《きれい》な夕焼けだった。

僕らは並んで下校した。こないだの猫の件について以来なので少しきまずい。歩いている途中で触れ合う鞄《かばん》すら居心地が悪く感じる。

「ちょっと寄って行かない？」

ナギさんは珍しく、帰り道の途中にある公園の前でそう言った。僕は二つ返事で公園へ飛び込み、馬鹿元気にブランコを漕《こ》いでみせた。ナギさんはため息をついた。疲れている時こそ狂ったテンションが必要なのだ。

僕に乗せられたのか、そのうちナギさんも隣でブランコを漕ぎ始めた。

「ウサギのことだけど、」錆《さ》びた鉄の音を響かせながら、ナギさんが静かに口を開いた。

「はい」

「魔法を使ったの？」

「……はい」

その一言で、ナギさんは全てを察したようだった。

「……そう。ごめんなさい」

「ナギさんが謝ることではないですよ。僕が判断して、魔法を使って、勝手に失敗しただけです」

「でも私が言ったから……」

「だとしても、ナギさんは悪くないです。僕が、魔法が何かを助けるのに向いていないことが悪いんです」

僕が断じると、ナギさんは漕《こ》いでいたブランコを停止させた。それから何かを考えるように、足下を見ていた。

「シズキくんは魔法が嫌い？」

ナギさんは下を向いたまま訊《たず》ねてきた。

何か、重要な質問な気がして僕は暫《しば》し考えた。魔法が嫌いかどうか……。

「……少なくとも、ポジティブな感情を向けてはいませんね」

僕は正直に話すことにした——ナギさんも魔法の被害者であるから。

「……魔法は、何にも使えないんです。だって、魔法が無くても日常生活は成り立ちますから。破壊魔法が無くとも拳銃で事足ります。回復魔法がなくとも延命治療があります。転移魔法……はまだありませんが、いつか技術が追い付くでしょう。どちらにせよ人間が化け物になるのでは使い物になりません」

そこで僕は一度言葉を区切った——魔法は嫌いだ。そう認める。だけど、その上で。

「だから僕は、魔法が嫌いです……けれど僕は、魔法を信じたいんです。魔法使いに生まれたことには意味があると、魔法にはできることがあると……。そう思いたいんです。しゃらくさい言い方ですけどね。だからせめて、魔物を消すぐらいはしてみせます」

なるほど、とナギさんは小さく息を吐いた。

「私が魔法使いだったら、そうは思えないわね。……悪い意味ではなくてね。……ただ、シズキくんは真面目だと思って」

「そうですかね」

「そうよ。……ふふっ。最近、私って本当にダメだって落ち込んでしまって……あっ別にフォローしてほしいわけでもないの。ただもう……花占いで悪い結果に気が付いた瞬間投げ捨てるような、こんな、誠実さの欠片《かけら》もない女どうしようもないって……」

「そんな幼少期の可愛《かわい》らしい記憶で悲観しなくても」

「先週のことよ」

「…………」

一七歳女性が憂いを帯びながら花弁をちぎり落ち込む映像が脳裏に浮かんで、言葉が出なくなった。当の女児めいた黒髪美少女も黙っている。

きいきいと、鉄の音が響く。なんだか疲れと気だるさでベラベラ話すのは憚《はばか》られて、二人無言でブランコを漕いだ。青春真っただ中の情熱は、意味もなく夕方のよくわからない公園で浪費される程度に余っている。

「今日から、また廃駅に行くから」

ナギさんが、やおら夕空に澄んだ声を放った。

「それは嬉《うれ》しいですが」

「無理しているわけではないわ。ただ……無責任って、自分で気が付いただけ」

「無責任」

オウム返しすると、ナギさんは小さく頷《うなず》いた。

「私が勝手にいなくなるといっても、消えたところでシズキくんの手を煩わせるのよ。そう気が付いたわ……ウサギも、そうだったでしょう？　きっとシズキくんはどうあっても助けてくれるのよ。だからもう諦めるわ……諦めることを、諦めるわ」

相変わらず落ち着いて救いようのない返事をするナギさんだった。特別に悲観しているわけでもなく、ナチュラルに憂いしかないらしい。名前だけでなく心の中まで凪《な》いでいるようだった。

「後ろ向きな責任感だとは自分でも思うけど、大丈夫よ。ちゃんとやるつもり……」

「また辛気《しんき》臭いですね。そういうの嫌いだったんじゃないですか」

「ふふっ」

不意にナギさんが小さく笑った。

「なんだかシズキくん変わった？　……それとも素直に話してくれているの？」

「今日は遠慮するのに疲れただけです。失礼なことを言ったらごめんなさい」

「大丈夫。割といつも失礼よ」

「言いますね。ネガさん」

「……？　あぁ、私のことね、私はナギよ。……それちょっとわかりにくいわ」

段々と調子が戻ってきた感じがして、小さく微笑《ほほえ》みが漏れる。こうやって話すだけで落ち着ける相手は、今まで居なかった気がする。

「はぁ。……ぱーっと気分転換でもしたいですね。遠出したいわけではないですが」

「散歩すればいいじゃない。モヤモヤした気持ちも晴れるわよ？　私は土日に三万歩は歩いたわ、ふふ」

どれだけ負の感情を抱えこんでるんだナギさん。猫になって逃げた一件はそれだけ何かに追いつめられていたのだろうか。

「……散歩で思い出しましたが、ナギさん、いつも夜に散歩してるんですか？　以前から気になってました」

訊《たず》ねると、ナギさんは悪いことをしていたのを見られた小学生みたいな顔をした。

「……夜歩きなんてやめたほうがいいと思う？」

少し悩む。少なくとも、うら若き女子高生は一番夜歩きに向かない人種だ。しかし……。

「……良き友人ならそう言うんでしょうね」

僕は、言えない。当然の説教は恥ずかしく、その権利が僕にあるとも思えない。それに夜歩きすることで何か気が楽になるなら咎《とが》めることはできない……普通だったら安全が最優先で、やめさせるべきなのだろうけれど。

「……そう。まぁ、会ったからわかるでしょうけど、正直、家に居たくないのよ」

ナギさんはさらりと、親との不仲を認めた。突然の告白に軽く背筋が伸びる。

「父と母は……飽きないの？　って思うほどずっと喧嘩《けんか》してる。ヒバナが死んでからね。あんまり口論って聞いていて気持ちの良いものではないから……それに最近はサクラ叔母さんも意識が回復してきて、そうすると……そもそも叔母さんがヒバナたちを連れて行って事故に遭ってしまったからね、叔母さんは父と母の敵のようになっているの……だからまた諍《いさか》いが起きちゃって、それもあんまり聞きたくなくてね」

彼女の語る口調は、どこかたどたどしく聞こえた。僕には、彼女ができるだけなんてことのないように家族のことを話そうとしているように見えた。

「……ままならないわよね」

一区切りついたナギさんは、大きなため息をついた。

「ごめんなさい。完全な愚痴ね」

「いいえ、嬉《うれ》しかったです。ナギさんあんまり人の悪口とか言わなそうなので心配でした」

「悪口を言わないことを心配されたのは初めて」

「誰しも不満の一つや二つありますから、言ってくれると安心します。もちろんそればかりというのも健全ではありませんが」

「全くね」

心底そう思うわ、とだけ小さく呟《つぶや》いてナギさんはブランコの下へ視線を落とした……本人がこれ以上愚痴を言わないというなら、僕も突っ込まない。

「暗い話ばかりじゃ嫌。私ばっかりじゃなくて、シズキくんも何か話してよ」

一番困るフリだ、と僕はしかめっ面を作ってみるけど、ナギさんはすでにしれっとした顔をしている。僕が何かを言うまで口を開きそうにない。さすが、クールキャラを自認しているだけあって無言に強い。

「僕ですか……そうですね」

僕は仕方なく思考を回し、なんとなく中空を見ながら話してみる。

「最近は、ナギさんのことが一番の優先事項で、ナギさんの助けになる方法ばかり考えています」

「本当に？　私に気を遣ってない？　それともナンパ？」

「まだ信頼がないんですか……正直なところ、僕はあまり未来のことに思いを馳《は》せるタチではなく、目の前のことで手一杯なんです。ナギさんに一度魔法をかけてしまったからには、最後まで面倒は見ると決めています。これは僕の都合です」

「そう、……なら、シズキくんのために頑張らないとね」

「はい。僕のために頑張ってください。キミにしかこんなこと言わないヨ」

「やっぱりナンパじゃない」

僕らは顔を見合わせてくすりと笑った。きっと以前の彼女なら顔をしかめていたであろう言葉に笑ってくれたことが、無性に嬉《うれ》しかった。

「いでっ」

突然、宙から紅《あか》い何かが僕の頭に落ちてきた。ブランコの勢いに押されてその紅い球体はころころ転がっていった。

「どうしたの？」

僕はそれを追いかけ、変なタイミングでブランコを降りたので、膝の後ろにアルミの座席が衝突した。

「シズキくん何してるのよ……あら、ホオズキの実？　木なんてどこにも……」

僕が追いかけたその球体は鬼灯《ほおずき》の実だった。紅く熟した皮をはいでいくと、中から丸まった紙が現れた。

「あぁ……これは転移魔法です。ミコさんからの連絡ですね」

球体だった紙は凧《たこ》みたいに、皺《しわ》ひとつなく広がる。それの文面を僕は読んだ。

「次のお仕事です」

22

僕らがいつも通りの道を通って廃駅につくと、既にミコさんと千歌《ちか》さんは揃《そろ》って廃駅の大きな石を平たいテーブルにして話し合っていた。千歌さんがいつになく真剣な表情で、ミコさんに何か話している。

「間違いない。アタシが直々に何度も調べた。家にはないんだ、アイツはこの町の……ミコの情報と照らし合わせるとそこが……あぁ、シズキ。帰ってきたのか」

千歌さんは僕が現れると咳払《せきばら》いをし、ミコさんはまばゆい作り笑顔を向けてきた。

「シズキくんひさしぶり～またカッコよくなったー？」

「適当なこと抜かしてんじゃないよ、ミコ。シズキとはこないだ会ったばっかりだろう？」

ミコさんと千歌さんは石テーブルを挟んで向かい合う形で話し合っている。僕とナギさんも二人に挨拶をしつつ座談会に加わった。

「ちょうど揃いましたねー。次の討伐依頼の話をしてたんですよー、今回はもうちっと危険かもしれないですねー。シズキくんには当然来てもらいますけどー」

ニコニコ笑顔で説明もなく行動を強いてくるミコさんの遠慮のなさにおいて、右に出るものはいない。依頼の内容説明の前に僕の参加が決定している。

「前回の『妙な魔物』、覚えてますよね？　はい！　シズキくんが息も絶え絶えで魔物の破片を回収してくれましたからね！　それの出どころが分かったんですよー。この市の役所には大きな図書館がありますよね？　そこの地下から魔力の流れを検知しましてー。蔵書の保管所がありますが、それ以上に巨大な空間も見つかったんです。魔法使いが活動しやすい地下でもありますし、魔物を発生させた魔法使いの関与も視野ですねー。巧妙に隠されていましたしー」

ミコさんはそれから危険度やら色々な情報をさらりと流しながら、流暢《りゅうちょう》に説明をした。

特に、彼女は魔物の対策と報酬とその他もろもろの契約の大切な部分こそ軽々しく話すため、うっかりしていると損することになる。

ふと、僕が満身創痍《まんしんそうい》で現在も腕が本調子でないことを彼女は知っているのか気になった。借りがあると言えど、温情はあるだろう。

「前回、僕の腕の骨が酷《ひど》く折れたんですよね。知ってます？　その音って」

「あー骨折れる時の音って気持ちいいぐらいに、バキっ！　といくんですよねー。ボクシングジムで聞いたことありますけど、あはっ、大の大人がガキみたいに泣くので面白かったんですよねー。その音が何かー？」

「……なんでもないです」

この人は本当に悪魔の末裔《まつえい》か何かではないのか。僕は訝《いぶか》しんだ。

「本調子でなくても死なないようにするのが仕事ですからね、シズキくん！」

そんな風に両手ガッツポーズで応援してくるのだった。

「あー、市役所の方にあったのかー……アタシもそれとなく探りは入れてたんだけどなぁ」

肝心の僕の師匠は何だか残念そうにしている。なるほど、千歌《ちか》さんもこの『妙な魔物』を探して動いていたようだ。

「結局マンパワーなんですよねこの世界はー。あと金ですねー」

「ケッ、組織の犬が！　魔法が使えなくても大手企業に入れそうな顔と性格してる癖に、魔法協会なんてロートルに勤めてるんじゃねぇ！」

「ふっふっふ、私は大企業の可愛《かわい》い一社員よりも中小企業のアイドルポジションが好みなんですよ～！」

「これだから開き直った野望のない女は……」

「千歌さん、千歌さん、自分に刺さってます」

やんややんやと二人で盛り上がって胸を張るミコさんと、歯を食いしばる千歌さん。二人はそんなに違いがあるようには見えなかった。やっぱり仲がいいらしい。

ともかく。

「さっそく向かいますか？　ええと、危険度からして僕単独で向かうのが無難だと思いますけれど」

僕は妥当な判断を提示したつもりで、ナギさんの方を見た。さすがについてくるとは言わないよな、という牽制《けんせい》の意図もある。だが、僕の意図は思わぬ人から覆された。

「今回はアタシも行くよ。もちろんナギちゃんも一緒にね」

薄紫の髪を奔放に投げ出しながら、僕の師匠は立ち上がっていた。

23

僕らはミコさんに転移魔法でまたひんやりとした空気の地下へと送られた。僕の少し後ろからナギさんが僕の袖に触れる位置でびくびくしている。前回のことがあったから怯えているのだろう。先頭を歩くグラマラス魔女さんは大あくびをしていた。

「今回も『妙』なやつなんですかね。それならナギさんに危険は無いのでまだ良いですが」

「んー？　ナギちゃんを連れて来たのはもしもの時の抑止力みたいなもんだよ。『妙』なヤツの性質として魔力を集めていることはほぼ確定した。ナギちゃんは居てくれればいい」

「……？　『妙な魔物』は魔力を集めている？　それミコさんは言ってませんでしたよね」

前を歩いていた千歌《ちか》さんは急に立ち止まった。後ろを歩いていた僕は突っかかる。千歌さんから一瞬冷ややかな気配を感じるけれど、次の瞬間に彼女は振り返り、頭にげんこつを当てて舌を出した。

「……てへ」

「なるほど、となると千歌さんが調べていたのは妙な魔物を作った人間の目的ですか」

「あーもう、こんな適当な通路で核心を突くな。拗《す》ねちゃうぞっ」

「古めのぶりっ子じゃ誤魔化《ごまか》されませんよ」

後ろからじーっ、と視線で不満を示すと、千歌さんはひらひら両手を上げて息を吐いた。

「あーはいはい、そうだよ。ソイツは魔力を集めて力を貯《た》めてんのさ。まさしく傷ついたラスボスって感じでね」

さらりと彼女は白状した。しかし、以前僕にひた隠しにした態度を思うとまだ何か隠しているだろう。もう少し睨《にら》んでみるけれど、千歌さんは既に前を向いて歩いていた。

仕方なくただ僕とナギさんはついて歩いた。冷たい石壁の温度、砂利の音、そしてザリガニのいる田んぼみたいな積もり積もった泥臭さが僕らを包んでいる。

多くの地下で温度以上に問題になるのは臭いである。地下で活動慣れしている魔法使いは自分の身体に魔法をかけ嗅覚を麻痺《まひ》させている。体にかける魔法は周囲への影響が少ない、の鉄則。といっても完璧ではなく、ナギさんが顔を歪《ゆが》める程度の効果だ。

そんな風に悪臭対策をしながら廃線の一つの扉を開け、別の地下通路に出て、同じようなことを何度となく繰り返した。

その終着点、段差と手すりが終わった場所には苔《こけ》むした石の扉があった。千歌《ちか》さんと顔を見合わせ扉を開け放つと、冷気が足下から忍び込んできた。

「……広いわ」

「デカいねぇ、てか寒っ」

ひんやりとした空気に古い紙の匂い、薄柿色の大理石の床。埃《ほこり》の浮かぶだだっぴろい円形の間の壁にはびっしりと本が詰まっていた。

ところどころにあるライトが建物の二階ほどの高さにある本を浮かびあがらせている。ハロウィンを思わせる薄暗さに、床に敷き積もった埃。歩き出すと、密《ひそ》やかな雰囲気に僕らの足音がコツコツと響いた。

近くの本に触れてみると堆積した埃がひも状に手に付着した。どこもカーブした本棚。この場は円形の図書館であるらしく、遠くには本棚同士の間に通路がある。二重丸に横一本線を引いた形の、宮殿のような構造なのだろう。

そんな神聖さのあるしんとした空気の陰に、何か一瞬暖かい風を感じた。魔物がいる。

「千歌さん」

「図書館のフリしたモンスターハウスって感じかねぇ。シズキはナギちゃんをお願い」

僕が頷《うなず》いた。ここは魔力が濃く、空気の密度の違いを感じる。埃っぽい静謐《せいひつ》さに混じる圧迫感は魔物の気配そのもの。周囲の魔力の流れを読み取れば、眠たげな本たちの隙間から敵意が漏れ出ているのがよくわかる。僕はナギさんの前に腕を伸ばして辺りを警戒した。対して千歌さんは一人、本棚の隣を悠々と歩いた。隙だらけで、自然体で。

「――千歌さん！」

――いつのまに千歌さんの背中に人型の骨の魔物が居た。人型の黒い爪が、歩く千歌さんの背中に突き立てられようとしているのを見た。

だが、千歌さんはいつの間にかその魔物の頭に横から指先で触れていた。彼女の赤く光る指先に弾《はじ》かれた魔物は、頭からジグソーパズルみたいにバラバラと崩れていった。魔物は強靭《きょうじん》な生命力によってか、頭蓋骨がすぐに生えてきた。

「ま、破壊は効かないよねぇ」

千歌さんが一瞬で消えた、と思うと今度は魔物の前に居て、頭蓋骨を正面から掴《つか》んでいた。幻覚魔法と破壊魔法を併用しているらしい。

「……なるほど、この魔力の流れはやっぱり当たりだな。お前、『サクラの禁術』を継いでいるな？　それをどこで得た？」

魔物の骸骨がカタカタと音を鳴らして首を傾《かし》げるが、それは次の瞬間炎に包まれた。

「死なないなら燃やす方がてっとり早い。ゾンビ映画には火がつきものさ」

千歌さんがにっ、と笑う。だが次の瞬間、炎に包まれた骸骨の腕が千歌さんの胸を貫いた。

「千歌《ちか》さん!?」

「落ち着け、残像だ。あっ今話している私も残像だぞ」

いつの間にか千歌さんは骸骨の後頭部を掴《つか》んでいた。胸を貫かれていた千歌さんはモヤになって消えた。

「……残像とは何かについて考えさせられます」

「よせやい、褒めるな照れる」

全く恥じらう様子もない千歌さん。すぐに中空に鬼火のような白い光が増え、魔力の匂いは一層濃くなる。魔物を一体倒したことが契機となったのか、本棚の隙間たちから塵《ちり》が集まり、次々に魔物が現れた。

千歌さんはどんどん魔物を燃やし尽くす。火と共にダンスし、魔物は崩れ去っていく幻想的な光景だった。が、同じものが数十体現れる状況では厳しい。僕も手当たり次第に近くの魔物に触れて破壊したけれど、動きを止めきれない破壊魔法ではジリ貧だった。

「無限湧きって感じかねぇ……シズキ、炎の魔法は使える？」

「千歌さんに線香の匂いを嗅がせられる程度には」

「使えねぇ～……隠れてな、二人とも！」

千歌さんの周りに光が集まり魔力の奔流が現れる。僕は壁際に柱を見つけたので、それを起点に魔法の障壁を張った。僕製の障壁だけど、ダンボールを纏《まと》うぐらいの効果はある。

「『世界、千歌二絵《にかい》の名の下に……』」

──なんだこの魔法。千歌さんの周囲の空間が歪《ゆが》み、鏡合わせのようにいくつもの千歌さんの姿が見える。黒い何か強大な魔力が辺りの魔物を霞《かす》ませた。

「『──収束しろ』」

厳かに千歌さんが呟《つぶや》くと、全ての黒い魔力は千歌さんの周囲へと呑《の》み込まれ、同時に魔物や骸骨たちは消え去っていた。最初から何もなかったかのような静けさだけが場を支配している。あれだけの大魔術、大出力でありながら地面は抉《えぐ》れておらず本棚の本は一つも動いていない。魔物だけを吸い込む魔法だったらしい。

「今のは……ブラックホールですか？」

「もし本物ならこの市は消えているよ。……単にそれに似たものさぁ……あーダリー……これやると気怠《けだる》いし周囲の魔力汚染が激しいし、最悪なんだよねぇ……どうして私生きているんだろ……」

「精神状態の悪化が激しいですね、あとでケンタッキー買ってきますよ」

すぐさま駆け寄って顔色の悪い千歌さんの脇を抱える。千歌さんは項垂《うなだ》れながらも一方を指さした。

「あーシズキ、その円の中央部の台座……多分仕掛けがあるから……そこ連れてって……くそっ、気力足りねぇ」

千歌《ちか》さんを支えながら本棚から離れ、空間の中心に寄ると小さな台座があった。中心にうねりの入った文様が入っている。

「そこに『苗の魔法』をかけろ」

「えっ、台座に回復魔法ですか？」

「いいからぁ〜聞き返すなぁ〜」

言われた通り、台座に鮮やかな蔦《つた》を這《は》わせていく……すると、綺麗《きれい》にうねりに合わせて蔦が絡まり、台座は回転し始めた。ぎこぎこと石のすれる音が広がり、切れ目が広がり、ついにはさらに地下へとつながる階段が現れた。僕にぴったりついて静観していたナギさんも驚いたようで、小さく声を上げた。

「ね、ねぇ。さらに下に降りるの？」

「ん。ここの本棚じゃねぇ、この下がきっと工房のはずだ……」

工房、という言葉の意味はわからないが、猫背で顔色の悪い彼女にそれ以上尋ねるのは憚《はばか》られた。ともかく千歌さんを脇に腕を通し支えながら暗がりの階段を降りていく。

階段はより一層苔《こけ》臭い。地面は妙に湿っている。最初はただのらせん階段であったが、いつの間にか天井にはパイプが張り巡らされていた。ぽつぽつと緑色のライトが現れ、人工の緑光と濃い自然の香りが異様さを引き立てていた。

降り続けるとついに扉が現れた。千歌さんは自分の足で立ち、明らかに緊張した面持ち

で、僕らに下がっているよう指でサインをした。僕とナギさんは千歌《ちか》さんの後ろに控えた。

「コラあっ〜！　警察だっ！」

小ボケをいれつつ、千歌さんは扉を開け放った。

「……あるぇ？　『サクラ』が居るかと思ったんだが……居ないのか？」

千歌さんが開け放った扉の先からは淀《よど》みきった空気が流れだしている。口を押さえて中へ入る。緑色の光に照らされた檻《おり》と墓石が鎮座していた。具合が悪くなりそうな場所だ。

「なんだよ……しょーもないボケは拾われないのが一番悲しいっていうのに……てかここじゃねぇの？　うーん、カタコンベなんてうってつけだろうに」

千歌さんは湿ったその空間……墓地の真ん中で頭を掻《か》いた。苔《こけ》むした地下室にはポンプと牢屋《ろうや》と処刑具とが混在しており、どれもが鈍くライトの光を反射している。

「カタ……って何？　千歌先生が言っていた……」

同じように部屋に入り怯《おび》え切ったナギさんが小さく尋ねてきた。

「地下にある共同墓地のことです。魔法の地では大体教会や集会場と一緒にされていますが……。こっちの国は無宗教ですからね。臭いものに蓋をする場、みたいなものです」

「墓地……ってまさか檻の中にあるアレっ」

ナギさんは部屋の隅にある深緑色の牢屋を指さし、口を押さえて慄《おのの》いた。

「き、きゃああっっっ！　ひっ！　し、死体が……し、死体！　死体が入ってる！」

「ナギさん落ち着いてください、もう死んでます」

「だから問題なのよっ!?」

ナギさんが腰を抜かして指す先には確かに檻に入った黒ずんだ死体が項垂《うなだ》れていた。あんまり異様な雰囲気であるせいで、どこか死体も舞台セットめいている。近づいて確認するけれど、魔物化したわけではないようだった。

「これは恐らく四〇〇年前には死んでますよ。といってもここは時間の流れが遅いですが……それに魔力が濃いせいで魔物化した死体も消えなかったのでしょうね」

「この死体が四〇〇年前……？　い、意味がわからないわ。ここは、何なの？」

「地下墓地《カタコンベ》は……いいえ、まずは魔法の歴史からおさらいした方がいいですね」

死体の傍《そば》で咳払《せきばら》い。目端では千歌さんが墓荒らしかのように何か処刑具や石のテーブルをまさぐっている。ともかく僕は目の前のナギさんに対峙《たいじ》した。

「以前僕は魔法の時代は、魔物と魔法使いの戦いの歴史だったと言いましたよね。ですが正確には、『一般人を犠牲にした』、魔法使いと魔物の戦いの歴史です。それは魔物の一般人を優先して狙う性質もありましたが、それ以上に……」

後ろの死体から恨みがましい視線を感じた、気がした。

「ここは、一般人を魔法使いにする儀式の場なんです」

人の死体が入ったままの檻、整備された様子のない死者の墓。緑のライトは後光が差すみたいに周辺部ばかりを際立たせていて、死体や墓の表面は暗く影になっている。

「魔法使いを増やす方法は二つ。一般人に魔法をかけるか、魔物に一般人を噛《か》ませるか、です。魔物に噛まれれば魔力を宿して魔法使いになることは当時からわかっていましたから、家畜化した魔物に一般人を噛ませ、魔法使いになるまで檻《おり》の中で魔法の練習をさせていました。魔法使いになれば釈放、なれなければそのまま魔物化するので、家畜として利用できます。効率がいいですよね」

「酷《ひど》い……」ナギさんは青ざめた。

「全くです。魔法使いは多くの少年少女の肉を噛ませて、魔物と戦う仲間を増やしました。戦力を増強するには手っ取り早い手段です。……皮肉なことに、それが魔物を増やす原因でもあったのですが」

魔法使いが増えてはいけない理由。それは魔法使い——魔物間での同数の原則のみならず、重ねてきた罪にもある。力を持つ人間による排斥は、あまりにも惨《むご》い。

「先の死体はその名残です。大人になると魔法使いになれない……期限間近で望みのない『魔力憑《つ》き』は全て地下牢《ちかろう》に入れて見棄《みす》てられていましたから、その一人でしょうね。腐っていないのは魔力濃度の高さによるものでしょう」

「期限間近……」

ナギさんが小さく呟《つぶや》いて死体をちらりと見た。思うところがあるのだろう。

「もちろん、魔法の時代でも人類全員が魔法使いではないんです。宗教上の理由で魔法を拒む人、生活が苦しくて魔法に関われない人、理学による法則を信じた人……そうした人々を、魔法使いは徹底的に迫害しました。非魔法使いは叫べども力は弱く、魔法をかければ簡単に魔物にできますから。それはもう……言葉にできないレベルで、酷《ひど》い光景でした」

「……まるで、見てきたかのように言うのね」

「そうですね、千歌《ちか》さんに観《み》せてもらいましたから」

「そういう魔法があるの？」

お尻を向けながら何かを探して墓地の片隅にある棚や本棚までまさぐっている千歌さんだったけれど、肩越しに振り向いた。

「あれ、言わなかったっけ？　アタシの得意は『忘却魔法』だって」

「忘却魔法で記憶を見れるの？」

「あー、そこら辺言ってなかったよなぁ……」

頭をがしがしと掻《か》き、ため息混じりに千歌さんは壁に向かいながら話し始めた。

「アタシは『忘却の魔女』。忘却魔法一家の『生まれつき《ナチュラル》』、千歌二絵《にかい》。そう聞けばどんな魔法使いだってしかめっ面するんだ——忌み嫌われる一家だからな。

忘却魔法は……現代風に言えば、ＶＨＳテープみたいなもんなのさ。忘却魔法の真の目的は、身体《シンタイ》に依存しない主観記憶の保持だ。忘却させた魔法は劣化しないから、記憶を物質化させて歴史の語り部《かたりべ》としての役割が持てる。つまりアタシの『忘却魔法』の家系は——魔法使いの非道を語り継ぐ家系なんだ」

千歌《ちか》さんは口端に若干の嫌悪を滲《にじ》ませながら自身の家系を語った。千歌さん自身、実家とのつながりを絶っているので思うところもあるのだろう。

「忘却魔法は記憶の物質化と言ったが……いわゆる物理的な意味での物質じゃなくて『見る』条件として、何か、その人の記憶に根差したモノに記憶を宿らせて観《み》なきゃいけない。ちょうどモニターやビデオデッキみたいな風にね。だからアタシはモノを捨てるのが苦手でねぇ」

「こんな時でも言い訳が上手《うま》いですね」

「あーね。だから大層な記憶抱えて協会の歴史資料館で辛気《しんき》臭せ〜語りをすんのがアタシの元々の役割ってワケ。まー協会に居たころに陰鬱な記憶観せちゃったせいでシズキの魔法観そんな感じなんだけど……」

千歌さんはそう言いながらも、なお壁に向かい、何かを探るように手を動かしている。

「さっきから何探しているんですか？」

「ん〜……あっ、あった！」

地下墓地の壁に貼られた紙をべりべり剥《は》がしながら、千歌さんは急に声を上げた。

「……やっぱりここが、ヤツのアジトだったんだ。間違いない」

僕とナギさんも近くで覗《のぞ》くと、苔《こけ》むした壁に一枚の地図が貼られていた。古く黄ばんだ紙に細かく何か書きこまれている。

「何？　これは……地図よね？　なんだか魔法陣？　が書かれているけれど」

「この魔法陣は『苗の魔法』……この町全域を利用した回復魔法だ。そしてその中心部は」

「これ、ナギさんの家……の離れですよね」

貼られていたのは町の地図だった。その上にびっしり書きこまれた魔法陣。その中心部はナギさんの家だった。家入《いえいり》家が赤字の丸で囲まれて、周囲を文様によって塗りつぶされているように見える。

「……どうしてこんな気持ち悪い場所に、私の家をアピールしてるみたいな地図が……」

「くそっ、既に調べたのにどうやって隠れてやがった？『サクラ』め……」

千歌さんは小さく呟《つぶや》いた――『サクラ』と。ついに、ナギさんの家庭と、千歌さんが追う相手が一致した。きっと僕の予想は当たっている。

「千歌さん、そろそろ真実を話してもらえませんか。大体わかりました。隠さずとも僕は手伝いますよ」

「ナンノコトダイ？」

千歌さんは背中越しにとぼけた。なら仕方ない。軽く息を吐いて、覚悟を決める。

「なら僕の推理を勝手に話しますね。千歌《ちか》さんが追っている相手というのはぼそぼそ言っていた『サクラ』で、その人はナギさんの叔母と同一人物なんですね？」

ナギさんの家で出会った叔母さん。彼女の名前も『サクラ』であったはずだ。

「ナギさんをストーカーしてたのもその理由。サクラさんとの関係を追ってでしょう。それに、僕とナギさんは幼馴染《おさななじみ》らしいですが、僕に記憶はない。おそらく、ナギさんと僕は昔に会っていて、ナギさんの親族であるサクラという人によって僕の記憶が消える事件が起こったのでしょう。ちょうど、あのボケてしまった今のナギ叔母さんのように。

だから千歌さんとしては、僕と関係のあるサクラという人は遠ざけておきたい、きっと何か過去を思い出す可能性があるから。だから僕から隠れてコソコソ動いている。そうでしょう？」

僕は一通り考えを話し終えて、千歌さんを見据えた。彼女は眉間に皺《しわ》を寄せてむむむ、と唸《うな》っていたが、大きくため息をつくと、急に諦めたような、過去を懐かしむかのような柔らかい瞳を僕に向けていた。

「……ん、大体合っているな。んだよこれじゃ私の気遣い損だ。慣れないことはするもんじゃないな……じゃあシズキは、もう自分の記憶がアタシに『忘却』させられたこともとっくにお見通しだったってワケか」

「え？」

「ん？」

僕は顎に手を当てて考える……なるほど。僕の記憶がなくて、気が付いたら『忘却魔法』を使える千歌さんが傍《そば》にいた。普通に考えて、関係しているに決まっている。

「あぁ……確かに！　ちょっと！　僕の記憶どうしたんですか！」

「なんでそこには気が付かなかったんだよ。アタシ何度も何度も『忘却の魔女』だって言ったろ!?」

「……忘れてました。それに千歌さんそんなことしないかなって」

素で返すと、気まずそうに千歌さんは目を逸《そ》らした。

「信頼を裏切って悪いけれど、アタシが確かに記憶を保持させてもらったよ。シズキのため……だと思って勝手にやった。弁明はしないさ」

「……僕に必要だったから特別に、意を決して、並々ならぬ覚悟で僕に対して忘却魔法を使ったのでしょう。大丈夫です、わかっていますよ」

「何だか日常的に使っている気がするわ……私の裸見た時も……」

ナギさんが千歌さんの近くで膝を抱え、小さくしゃがんだ姿勢で不穏なことを呟《つぶや》いたけれど無視をした。

千歌さんはお腹《なか》の中の息を全部吐き出すみたいにはーっとため息をついた。

「シズキは気がついてほしくないことには、すぐ気がつくね」

「そうですかね？　鈍感だとよく言われますが」

「アタシの白髪とかすぐ気がつくよね」

「千歌《ちか》さん結構多いので……って、そういう話ですか？」

「人の隠したがること、引け目に対しての嗅覚が鋭いという話だねぇ」

それでは悪いところばかりやり玉に挙げる人みたいだ。僕が微妙な反応をしたからか、千歌さんは一度、相好を崩した。

「シズキは人に隠し事をされるのが嫌いかい？」

「いえ、むしろ隠し事の一つもない人は信用できません」

「だろうね。だからこれは隠し事にしておいてくれないかい？　押し付けたいわけじゃないが、シズキのためでもあるんだ。見逃してくれないかい？」

千歌さんにしては珍しく、媚《こ》びるような猫なで声で言った。

「……それなら、今回は見過ごせませんね」

急に千歌さんの眉が興味深さを表すようにつり上がった。

「ほう、なぜだい？」

「僕のために隠し事、というのはあまり好きではないので。できるだけ自分のことは自分で背負わせて欲しいです。全部は無理だとわかっていますが」

「一丁前のことを言うね」

「半人前だからこそです」

「いけ好かない答えばっかりだ」

「すかしたヤツだとは言われますよ」

「もーわかったわかった」

千歌さんはついに、いつもみたいに優しい諦めの微笑《ほほえ》みになった。

「じゃ、私たちの廃駅に帰ろう。そこで全部教える」

千歌さんは埃《ほこり》っぽい棚に置かれていた地図やらを丸め小脇に抱え、すぐに踵《きびす》を返した。ナギさんは拗《す》ねた少女のように膝を抱えたままの姿勢で俯《うつむ》いていたので声をかけた。

「ナギさんごめんなさい、急に色々と風向きを変えてしまって」

ナギさんはパッと顔を上げた。俊敏な動作に反して目はくぼみ、疲労が深く滲《にじ》んでいた。

「……やっと帰れるのね、帰りましょう？　はぁもう、さっきから死体遺棄場でペラペラお喋《しゃべ》りして……おかしいわ、みんな感性がサスペンスなのよ……」

膝を払い、この地下墓地から出払う直前に、ナギさんはボソっと呟《つぶや》いた。

「ＶＨＳテープって何なのかしら……」

24

廃駅に戻った僕らはミコさんに魔物討伐の報告を済ませるやいなや、キオスクに集まった。狭く薄暗い室内に全員入るのはなんだか珍しい。ビールケースの椅子は隅っこに寄せられ、千歌《ちか》さんがいつも使っている毛布が中心に置かれた。

「ナギちゃんも記憶見るかい？　上映するぞー」

「人の記憶って、そんな軽いノリで覗《のぞ》くものではないでしょう……」

灰色の壁を背に二人は話している。殺風景な室内でも美女が二人いれば絵になるらしいと今更ながら思った。

「ただの他人の記憶ってわけじゃないだろ？　ナギちゃんも関わっている。そうだよね？それとも、別人だったかなぁ？」

「……千歌先生、どこまで知っているの？」

「さぁ？　カマをかけているだけかも。きっとそうさ」

「…………見るわ。乗せられているようで、少し気に食わないけれど」

「そんな嫌々見られても。ナギちゃんは自分のために見るんだろう。『自分の』ためにね」

ふふふ、と千歌さんの試すような口調に、ナギさんは殺気立った気配を発している。何か僕の知らない事情で二人は対立しているらしい。ニヤニヤする千歌さんと、噛《か》みつかんばかりのナギさん。ナギさんは急に怒りん坊モードに入らないで欲しい。

「あのー、仲良くしてもらえると助かるんですけどー。僕の記憶始まっちゃいますよー」

「この程度で喧嘩《けんか》だと思うだなんてシズキは軟弱だねぇ。女子校じゃ生き残れないぞ」

「そうよ仲良い《い》わ！　馬鹿にしないで、喧嘩しない女はいないのよ？　いかがわしい図書で女性観を育んだようなシズキくんにはわからないでしょうけど」

ちょっと間に入っただけで言葉の右フックを食らったけれど、僕は笑顔だった。もちろん心は泣いている。

ともかく、二人の仲を心配する必要はないらしい。僕は中央に置かれた布団の上で横にされた。千歌さんの匂いがする……かぐわしい石膏《せっこう》の香りがする魔女さんは何かを呟《つぶや》きながら、壁に手を当てていた。

「『忘却灼光《しゃっこう》、千歌二絵《にかい》、地下二階』……。さて、準備はできたが……その前に。シズキ、一つ聞きたいことが」

灰色の壁に床、建物全体が淡い光に包まれる。ホタルが足下から湧き出るような空間の中で、千歌さんは優しい声色を出した。

「魔法のことは好きかい？」

「……びっくりしました。デジャブですか？　その質問、もうされましたよ」

千歌さんはきょとんとしていて、目端のナギさんは微笑《ほほえ》んでいた。僕はナギさんに向かって頷《うなず》いた。

「嫌いですが、信じています。この答えは変わりません」

そう答えると、首を軽く傾けて千歌《ちか》さんは口元で笑った。

「そうか。よかった。――願わくは、これからも信じ続けて欲しい」

厳かに呟《つぶや》いた千歌さんは、何かの巫女《みこ》であるかのように赤の光の中にいた。

「さぁ、忘却の彼方《かなた》へ」

呟かれたその言葉。僕は眠気に襲われて、そのまま意識が光の中に沈んでいった。

25

思えば、その女の子が初恋であったと思う。

「よっ、こんなとこで何してんの?」

「台本読んでた」

テレビ局の隅の隅、ダンボールの森のような場所で僕らは出会った。

「へー、兄ちゃん役者さん? へへ、ウチの姉ちゃんも役者さんなの、めっちゃ綺麗《きれい》やでー」

その女の子は、聞いてもいないことをべらべらと話すような子だった。

「俺は役者じゃないよ」

「そうなん？　じゃなんでそれ読んでるん？」

その子は語尾を上げるリズミカルな口調で、僕の持っている台本への疑問を向けた。

「これは、ゴミ箱に捨てられてたから読んでただけ。それに台本読んでれば、『仕事の邪魔だ』ってあんま言われない」

「あーそれウチもめっちゃ言われる。テレビの人ってなんであんなエラそうなんやろな、ムカつくー」

その子はウンウンと頷いた。訳知り顔だった。

「……で、お前は誰？」

「兄ちゃんこそ誰？」

こんな風にして僕は――家入《いえいり》ヒバナと、テレビ局の片隅で出会った。


幼少期の僕の遊び場はテレビ局だった。大抵、床に蛇みたいな線が張り巡らされ、テレビカメラとかいうテレビより大きい塔が乱立し、先生より大きい大人が不機嫌そうに歩きまわる危険なジャングルだった。

僕の父はテレビ局の偉い人だった。父に向かって、色々な人がぺこぺこしていた。父がぺこぺこするのは、父よりきらびやかなイケメンや、ボンキュッボンのスゴそうな女の人だった。よく見ると誰もがポスターやテレビ越しに見る人だった。あんまり興味は無かった。

こう説明すると楽しそうだけど、ゼンゼンそんなことない場所だった。みんなピリピリしていて、色々な人が色々なことで怒っていて、うるさい。教室よりうるさい。しかし、僕はここにしか居場所が無かった。家に帰っても誰も居ないし、ゴハンはないし、お腹《なか》が減ってしまう。だから僕は放課後にいつもこんな場所まで来ている。学校帰りにテレビ局に寄って、そこで夜ご飯を食べて、それから帰って寝る。そんな生活を繰り返していた。聞くところによると普通の子はテレビ局には入れないらしく、「ハタラキカタカイカク」というもののお陰でこんなことができたらしい。でも普通の子はテレビ局になんて入らなくていいと思う。

僕はいつも通りスタジオの隅や、よくわからない色々なダンボールが積まれた部屋の隅でいつも小さくなって教科書や借りた本を読んでいた。

だけど、ある日突然ソイツに出会った。

「アタシは家入《いえいり》ヒバナ。ヒバナって呼んでな」

学生服にオレンジの帽子を載せてご機嫌にヒバナは笑った。ヒバナという名前にふさわしい、弾《はじ》ける果実みたいな笑顔だった。そのくせ黒髪をストレートに伸ばしていて妙に大人びた顔つきをしている。なんだかアンバランスだな、と思った。

「そうか。俺は……シズキ」

「上の名前なーに？」

「斬桐《きりとう》だ。斬桐シズキ」

「わ、キリトウさんじゃん。あのエラソーで帽子かぶってるおっちゃんでしょ？　あれがパパっちゅうことねー」

「……ヒバナ、その関西弁偽物？」

ヒバナの口調は軽快だけど、聞きやすすぎる。イントネーションは標準語で偽物っぽかった。

「関西弁って何や？」

ヒバナはとぼけた。丸くした口からはふざけた様子もなく、本当に知らないようだ。

「……別に」

変なヤツだな、と思った。当時の僕は同年代の女の子というものがどんなものかあまり知らなかったけど、同年代でも飛び抜けて変なヤツだったと思う。顔が妙に整っている分、くだけきった話し方をされると背中をくすぐられるような感覚に陥る。

「変なヤツ」

僕はヒバナのことをよくそう言った。ヒバナはへらへらと笑っていた。その様子に僕はムッとしたけれど、僕らはなんやかんやよく一緒に居てよく話した。それはテレビ局が同年代の子供が少ない場所であったからだと思う。

「なーなー、向こうのめっちゃある段ボールで家作っておままごとせん？」

「やらない」

「なーなー、クイズのピンポンのやつあったで？　あれやろうや、『えっちご製菓！』っていうのー」

「やらない」

「なーなー、虫の着ぐるみ見つけたで！　あれやろうや、『ぎりぎりです』？　ってやつー！　その服着て跳び箱とか跳ぶんやで。失敗したら激クサ〜な息を嗅がされるねん」

「……なんでそんなことをするんだ？　馬鹿なのか？」

ヒバナがやたら話しかけてきたのも、話すようになった要因かもしれない。


「ヒバナ、なんでこんなところいるの」

いつか僕はそう訊《き》いた。彼女は僕の持っていた本を覗《のぞ》き込んで夢中になっていたけれど、顔を上げて、急に大きな声で言った。

「姉ちゃんがな！　ナギ姉ちゃんが、いっつも撮影ちゅーやねん」

そこで僕はこの少女に感じていた奇妙な感覚の正体と、「家入《いえいり》」の苗字《みょうじ》が示すものに気がついた。

「ナギ？　……そうか、家入ナギか。ヒバナがヘンすぎて、気がつかなかった」

家入ヒバナは、家入ナギに顔がそっくりで、美しかった。

「ちょっと、どういう意味や」

そのままの意味、と僕は返した。家入ナギと言えば、僕でも知っている大人気子役だった。演技力がスゴいとか、キレイだとか。よくわからないけど周囲の大人はみんな熱く話していたし、一度見た時に父が小さな女の子にぺこぺこしていたから印象深かった。

「ナギ姉ちゃんはな、スゴいねん」

ヒバナは唾を飛ばしながらベラベラ話した。ヒバナは家入ナギそっくりな顔を軽快に振り、整えられたストレートの黒髪を乱れさせ、何もしなければ憂いを帯びた目をやたらキラキラさせて喋《しゃべ》る。クールなイメージの家入ナギとのギャップで、「ヘン」だった。

「こんど、ナギ姉ちゃんにも会わしたるな」

「別にいい」

「うぇへへ、照れなくてええんやで？」

本当に別に良かった。その時の僕は、ヒバナと会うのがそれなりに楽しみになっていて、それ以上のことは望んでいなかった。

けれどある日、家入ナギと出会った。ヒバナが無理矢理《むりやり》家入ナギを引っ張って来たようだった。

「…………ハァ……ェ……マシテ」

ぼそぼそ、というレベルではない小さな声で、顔をほぼ直角に下げながらナギは話した。黒髪がわさわさ喋《しゃべ》るので、いつか小道具で見たホラーの人形みたいだった。

「はじめまして、とナギ姉ちゃんは言うとるで」

「あ、あぁ……はじめまして」

僕がそう返すと、ナギはぼそぼそ何かを言った。

「……アリ……マス……」

横でヒバナが通訳をする。(ありがとうございます、って言っとるで！) やっと顔を上げたナギとヒバナが並ぶと、そっくりの顔が二つあって二人とも美人だから、なんだかドキドキした。僕はつい顔を背けてしまう。

「あ、シズキ照れとるな？ ナギ姉ちゃんは美人やからなぁ、姉ちゃんも『いつもヒバナと仲良くしてくれて助かります』やってさぁ」

「はぁ……ども」

僕はナギの方を見て言った。ナギの方は伏し目がちに視線をうろつかせて、それからにこりと笑った。その頃には愛想というものを覚えていた僕は笑い返したけれど、ヒバナの華のような笑顔に比べると見劣りするな、と偉そうに勝手に比べていた。

「あー、ナギ、さん？　仕事とか、楽しいの」

「ヤェへ…………マ……マァ…………」

「まぁまぁやってさ。謙遜上手やねん、ナギ姉ちゃんは」

ナギはヒバナを介してでしか話さなかったけれど、唯一歌声だけは聞かせてくれた。ハミングのようなものだけど、とても上手であった。褒めるとなぜかヒバナの方が誇らしげであったのが面白かった。

「いっつもな、ナギ姉ちゃんと練習してるねん」

そうしてヒバナも歌った。なんと、ヒバナも歌が上手《うま》かった。僕はこの時に遺伝的な才能というものを初めて感じたと思う。

「家入《いえいり》ナギさーん！　一五分前でーす！」

遠くから大人の声が聞こえた。ナギは少し悲しそうな顔をしたけれど、「また会えるよ」と言うと控え目に笑った。その日はそうしてナギとは別れた。


その日以来、ヒバナと会う日に時折ナギも来るようになった。ナギが忙しいというのは本当のことらしく回数は少なかった。それに少し話すたびに時間が来て、あわただしく去っていくのが常だった。

「ヒバナ、お前、モデルとかやらないのか」

「えぇー？　アタシはナギ姉ちゃん見てるだけでええわぁ」

「……ヒバナも美人なのに」

「え？　いまアタシのこと美人って言ったぁ？　えへへぇ、もう一回言ってくれん？」

「……言ってねぇよ」

「言ったやろぉ？　うりうり」

そんな風に僕は何度かヒバナにナギのように活躍しないのか尋ねたけれど、いつも誤魔《ご ま》化《か》されていた。本人にあまりその気はないようだった。

なんで家入《いえいり》ナギはあんなに忙しいの？　ヒバナは子役にならないの？　ヒバナは歌も上《う》手《ま》いよ？　と一度、父とケータリングの前で鉢合わせした時に訊《き》いたことがある。

「あぁ………家入のやんちゃな方な」

父はケータリングに積まれたチョコやハッピーターンといったお菓子の山を険しい表情で睨《にら》んでいた。父曰《いわ》く、家入ナギと家入ヒバナセットで「黒髪清楚《せいそ》美人子役姉妹」として売り出そうとしていたけれど、爆発的に売れたナギのイメージをヒバナが損なうとかなんとかで、ナギ一人で売り出しているらしい。

僕はその話を聞いて無性に悲しくなって、何か怒鳴った気がする。ヒバナだっていいところがあるのに！　だけどよく考えれば、そんなことを父に言っても仕方がなかった。

僕はそれからも学校とテレビ局を行き来する日々の中、ヒバナと会い続けた。変化といえば、テレビをよく見るようになった。ふらっと寄った家電屋なんかで家入ナギのＣＭが流れると、ヒバナにもこんな顔をさせてみようかな、などと思うのだった。歌声も似ているのだから、真似《まね》でもさせればいい線いくだろう。そう思いつつ、ナギの真似をさせることはなんだか負けな気がして、なかなかさせようとしなかった。

そしてついに、その機会は永遠に訪れなかった。

家入ヒバナは亡くなった。何の前触れもなく、唐突にそう聞かされた。

26

「今度な、ナギ姉ちゃんが森でキャンプして撮影するらしいねん。せっかくだからヒバナも、てウチのオバちゃんが連れて行ってくれる言うとるから、行ってくるで」

「おう、いってらっしゃい」

それがヒバナとの最後の会話だった。

そのニュースは夜九時ごろ、父と一緒にテレビ局の一室で冷えたお弁当を食べながら聞いた。

「……お前、家入《いえいり》のやんちゃな方と仲良かったろ」

「そんなことない。話すだけだ」

「……そうか。家入ヒバナは水難で亡くなった。ナギと一緒に向かったキャンプ場の川で事故が起きたらしい」

その時は確か、「そう」とか「え？」とか、それぐらいの反応だったと思う。

父は僕のことを心配しながらも、どうしても今日も仕事で家へ帰れない、と伝えた。僕は了承し、一人で家まで帰ることになって、バスに乗って、家の前まで帰ってきて、鍵を開けて玄関に入った瞬間に、虚脱した。

不思議と涙は出なかった。その事実に傷ついた。そうしてぼうっとして、何かを考えようとして、すぐに思考が有耶無耶《うやむや》になった。

それから二日はただ何もせず過ごした。それから空腹で死にかけたので、学校に通って、テレビ局にも行くことにした。

もちろんヒバナは現れなかった。

テレビ局ではあたりまえのように誰も僕を相手にしなくて、夕方、夕日のオレンジをヒバナと見間違えて、そこで初めて、おかしくなると思って、ダッシュで家に帰って布団に包《くる》まった。

それから泣きに泣いた。喉は焼けて、頭は痛くて、生きる機能が全部泣くことに回ってしまった。何もわからず泣いた。ヒバナは死んだ。それはどうやら本当のことらしく、ヒバナにはもう会えないらしかった。

それから僕は一か月ほど学校を休んだ。父が仕事を休んで看病してくれただとか色々あった気がする。たった少しテレビ局で蹲《うずくま》っていただけで、毎日いたヒバナがいないというのが思ったより大きな喪失であったと気がついた。その頃は虚《うつ》ろに過ごしていて、一〇年も生きていないながらにして、もう僕の涙は枯れ果てたのだと思った。


しばらく父は毎日家に帰って来るようになり、何かお手伝いさんのような人も来た。全部無視をしていた。テレビも見なかった。

もう一か月経《た》つとなんだか妙に空《むな》しくなって、外には出るようになった。

「家入ナギが復活する。収録だけでも見に来ないか。お前のことを家入ナギは心配しているそうだ」

父は開かない僕の部屋の扉の前でそう言った。復活だとかなんだとか言っていたけれど、そもそも休止していたことを知らなかった。あぁ、そうか。ヒバナを失って悲しむのは自分だけではなかったのだ。むしろ家族や、通訳をしてもらわないと話せないほど臆病らしかったナギの方が悲しんでいたのではないか、と思った。そう考えると、引きこもっていた数か月の間にあったであろう、ヒバナの葬式に行かなかったことが後悔として胸を圧《お》した。

行くよ、と僕は言った。父は、そうか良かった、と言った。

何も良くないけれど、どうしようもないのだから仕方がなかった。


そうして僕は、久しぶりに歩いておぼつかない足と、バス運転手と話すだけでつっかえる口を厄介に思いながら息も絶え絶えでテレビ局までたどり着いた。入構証を馴染《なじ》みの警備員に見せるだけで相手に同情の色が見えるのが嫌でたまらなかった。

「……お前、斬桐《きりとう》さん家《ち》の子か？」

エレベーターで待つ間、不機嫌そうな顎鬚《あごひげ》の伸びた男に話しかけられた。彼は重々しい口調とでっぷりした体形と裏腹に、落ち着きなく焦燥した雰囲気があった。テレビ局にはよくいるタイプの疲れた人間かと思ったけれど、彼の首にはゲストであることを示す当日限りの入構証があった。

「……な、んですか」

「……仲、よかったろ。うちのヒバナと」

うちのヒバナ、という発言で彼が数度見たことのある人だと思い出した。ヒバナの父だ。思い出したタイミングでエレベーターが来たので乗り込み、撮影スタジオのある３Ｆを選んだ。その間、無言だった。彼は寡黙なようだった。

「……ついてこい」

エレベーターを降りるとヒバナの父はそう言い、楽屋控えの方面へと向かった。

「ナギがもし『小さい斬桐』を見つけたら呼べって……じゃ」

そう言い残し、彼は先にスタジオの方へとぼとぼ歩いて行った。父親とは思えない淡泊な対応だった。彼は家庭が何か上手《うま》くいっていないのだろう。だけど他人の心を推し量れるほどの余裕は無かった。

——この先に、ナギがいる。白く何の飾りもない扉に『家入《いえいり》ナギ　様』のプレートが入れられている。鼓動する心臓を抑えて扉に触れた時、中から何か声が聞こえた。

『どうして、サクラ叔母さんがここに……どこから？　いつの間に』

ナギの声が扉の奥からくぐもって聞こえた。か細いはずの彼女の声は張られている。どうやら、何かに困惑しているようだった。

『ふふっ。………ぶりだね。………あの子に……会えると言ったら……キミは……かい？』

次に、大人の女性の声が聞こえた。諭すような口調は教師を思わせた。

「…………会いたい、です」

「ありがとう。……さえ生贄《いけにえ》になれば、完成するはずなんだ。……血族の犠牲者さえ……魔物からの完全な人間の復活……なんだ。私の『苗』なら……」

「いけにえ……？　まもの……？　……んの話？」

「……を、あの子の下に送ってあげようと思ってね」

「きゃっ!?　いやっ、サクラ叔母さっ」

その瞬間、花瓶の割れたような音が扉の奥から聞こえた。

そして、静かになった。

五秒ほどの沈黙が果てしなく長かった。中で何か起きたんじゃないか？　ナギと会うと感じていた時とは違う種類の焦燥。僕は音を立てないように細心の注意をはらいながら、ゆっくりと扉を押し開けた。

中では、サクラ色の髪をした大人が、白いドレス姿で倒れたナギを見下ろしていた。

サクラ髪の大人は黒い修道服を身に纏《まと》っている。教会に居そうな恰好《かっこう》に加え髪には赤いかんざしをつけ、大学生ほどの年齢に見えるが、求道者めいた雰囲気はどこか現実離れした印象を受けた。

「……キミが悪いとは言え、さすがに心が痛むな。恨むなら魔法を恨んでくれよ。魔物から人間への蘇生《そせい》さえできれば、魔法の価値も証明できるはずだからね……魔法に価値さえあれば、わたくしだって認められる……魔法に価値さえあれば……」

サクラ髪はぶつぶつとわけのわからないことを言った。ただひとつ確かなのは、この大人がナギに危害を加え、ナギが大人の足下で倒れている事実だった。

どうしよう。僕は子供だ。大人に敵《かな》うだろうか。僕にとってこの大人は敵である、そう勝手に感じた。僕は今までの怒りと悲しみを込めてコイツを打ち倒す方法ばかりを考えていた。そこで子供だけが持つ、大人に通用する必殺技を一つ思い出した。

僕は両手の指を組み、人差し指と中指を伸ばし合わせた。それから大人の足下に音を立てず滑り込み、全ッ力で四つ指を大人の尻に向かって突き刺した。

「ぐあああああっ⁉⁉⁉」

「ナギ、ナギ！」

百点の全力カンチョーを決め、サクラ髪が蹲《うずくま》っている間に僕はナギに駆け寄った。やや痩せた彼女の頬《ほお》を数度触れて揺さぶると、むにゃむにゃと彼女は声を上げた。

「シズキ……？　くん？」

「走っ、ろう」

何がなんだかわかっていなそうなナギの手をとにかく引き、よたよたとついてくる彼女を思い切り引きながら、僕は楽屋の外へ出た。

「たすっ、……助けてください！」

かすれる声をなんとか振り絞った。ナギは僕の手をしっかりと掴《つか》んで、多少ふらつきながらも自らの足で走っている。後ろを見れば、一〇メートルはある距離からサクラ髪がまさしく鬼の形相で迫ってきていた。

「その子をっ、捕まえろ！」

サクラ髪は後方から大声で叫んだ。周囲の大人は何事かと楽屋や給湯室から顔を出すけれど、よくわからない鬼ごっこに関わりたくないのか遠目に見ている。

「私っ、サクラ叔母さんに……殴られたの？」

ナギは走りながら息絶え絶えに訊《たず》ねてきた。曖昧に頷《うなず》いて、とにかく全力で手を引いた。

「どうしたのかな？」

そんな中優し気な表情の女性スタッフが膝に手を当て、僕らの前に立った。

「アイツが！　ナギを殴って気絶させたんだ！」

女性スタッフに対し僕は全力で唾を飛ばしてそういった。振り向くとサクラ髪は一瞬怯《ひる》み、しかし迫ってくるのがわかった。目の前のスタッフも驚いた顔をしていて、しかし説明している暇はないとすり抜けて逃げた。なぜだかわからないけれど、サクラ髪に捕まれば殺されるんじゃないかという漠然とした恐怖があった。

楽屋で見たサクラ髪のうつろな瞳は、人を殺す人間のそれに感じられた。

「……ッ、まずいな……おいそのガキを誰でもいい、捕まえろ！　それは嘘《うそ》だ！」

後方から声が聞こえ、さらに廊下に人が増える。どうしたどうした、と大人が僕を阻むのをなんとかすり抜けた。手を引かれ走るナギを見て僕を追う大人が多いようだった。

でも、きっと父なら。父なら僕の話を信じてくれる。

その一念でついに撮影スタジオ、リハーサル中のステージまでたどり着いた。ここまでくれば僕を無視することもできないだろう。僕はステージに足を踏み入れよう、とした。

背後で何か、青い光が迸《ほとばし》っているようだった。

「あぁぁぁっどいつもこいつもわたくしのことを馬鹿にして、何も知らない英雄気取りのゴミムシキッズが……！　そんなに死にたいなら、お望み通り死ねよっ！」

初めて大人の口汚い罵倒を聞いて一瞬驚き、振り向いてしまった。十数人の大人と機材が狭い廊下からスタジオの間に広がっているというのに、入り口に立つサクラ髪が光を帯びて浮き上がっているように見えた。

「テメェごとまるっと生贄《いけにえ》にしてやるよ……これが生命の神秘、わたくしの魔法だ！」

地面が揺らぎ、何か植物がうねり巻きあがり、地面に模様を描いていた。そして僕とナギに青い光が迫っていた――きっと当たればただでは済まないのに、足は動かなかった。

しかし光が僕に迫る瞬間、さっき僕の話を聞こうとしてくれた女性スタッフが、僕とサクラ髪の間に入ったように見えた。


どうやら気を失っていたらしい。

空気の熱さと振動で気がついた。顔を上げると、景色は一変していた。セットは燃え上がり、ステージは破損し、その上に謎の紋様が浮かびあがっている。人はまだ走り回っており、出口付近に人が殺到している。それに、僕と同じように何人かが倒れている。

僕は起き上がった。近くで男性が倒れていたので揺さぶった。反応はない。火はまだ弱いがいつか回り切ってしまう。誰か大人の人に手伝ってもらわなければならない。

そうだ、ナギは大丈夫か？　そう意識を向けた瞬間、空気が冷えたのを感じた。冷気だ。なぜ冷たい空気が？　大道具搬入口の方から流れてきている……その奥には倉庫、あとは出入口がある、そっちから逃げられるかもしれない——などと考えていると、それが悠長な考えであることを思い知らされた。

化け物が、大道具搬入口の両開きの扉から現れた。

化け物だとしかいいようがない。頭が切り落とされた人間のような形をしていて、黒いもやに包まれている。へそに当たる位置に口のようなものがあって、冷えたドス黒い血がこびりついているのが見えた。すごい異臭だった。

化け物の体の向きの先には、ドレスに身を包んでステージ上で倒れている小さな子……ナギがいた。化け物は四《よ》つん這《ば》いになって走ろうとした——。

「ナギっ！」

僕は叫んで、ステージの上まで走る。一瞬、化け物がこちらを見た。

「逃げろシズキ！」

父の声が大道具搬入口から聞こえた——血まみれの父が長い鉄の棒を持ってそこに立っ

ていた。

「シズキ走れ！　……！　そこに家入《いえいり》の娘もいるのか！　その子を連れて逃げろ！　逃げるんだぞ、いいな！」

父は大粒の汗を拭わぬまま、その棒を化け物に向けて突き出した。

「こっちを向け！　化け物が！」

その行動に反応し、化け物は父の方へと向かった。父は棒を振りながら、両開きの扉の向こうに消えていった。僕は何もできず、ただ言われたように舞台上の少女を揺さぶった。

「ナギ。起きて、起きて……」

起きない、どうしよう、父に起きなかった場合のことを聞きに行こうか……いやそんな場合ではない。――父が去っていった方向で、嫌な音がする。人の悲鳴と、バリバリと音が――どうする、どうしよう。どうしてこんなことになったのだろう？　父はどこだろう？　さっきの光は？　あのスタッフのお姉さんは？　なにより、あのサクラ髪は？

僕はナギを抱えようとした。華奢《きやしや》な体に見えたけれど、両手両足をぐったりと投げ出した彼女は想像以上に重かった。

「……～っ！　重い、どうしよう、どうしよう……」

一人呟《つぶや》きながら彼女を引《ひ》き摺《ず》る。けれど――また、冷気が流れて来た。両開きの扉の向こうに大きな人形の影が見える。父はどうしたのだろうか。

搬入口からまたしても化け物が現れた。その口には、まだ冷え切っていない、赤い血が滴っていた。そして父が着ていた服の切れはしと、口からはみ出した人間の足には父の靴が――。

「………！」

こんな時、世の人間なら何ができるだろうか。怒り抗《あらが》うか、逃げ惑うか……僕は、どちらでもなかった。体から力がすとんと抜けて、思考をやめてしまった。あまりにも現実味の無い光景、あまりにも生々しすぎる血、それの意味するところ。僕は現実を直視するにはあまりにも弱かった。

化け物が目の前に来る。僕は動けない、ナギも起きない。どうしようもない、父もいない。今の僕には、せめてこの光景が夢であることを願うしかなかった。

だが。

目の前に何か、白い槍《やり》のようなものが降ってきた。

化け物の体に突き刺さったそれは、溶けだして化け物の体を幾つにも割った。それからその破片たちは空中へ渦を巻いて吸い込まれていった。頭上には教科書で見たようなブラックホール。

「魔法災害認定が遅すぎんだよ、上層部の馬鹿共が……」

そのブラックホールの向こう側には、魔女のような帽子に黒いローブの女性がいた。

「『サクラ』は逃走中だ、絶対に捕まえろ！　魔法を受けた人間も可能な限り特定しろ！」

女性が叫ぶと、同じような帽子を被《かぶ》った幾人かが高速で宙を飛んでいった、ように見えた。僕の頭はおかしくなってしまったのか。それとも、この光景は現実だろうか。

だとしたらもっと最悪だ。

「お？　私ってば、ガキを救っちゃったかぁ？　おうガキ、私に感謝しろ？」

ブラックホールを操っていた魔女は、僕の目の前に降り立って胸を張った。

「僕を殺してください」

僕はそう言った。

「は？」

「おかしくなりそうです、おかしいんです」

「あぁ……？　なんだこのガキ」

僕はこの魔女に何かを捲《まく》し立てた。ヒバナが帰ってこないこと、父が食われてしまったこと。言葉が支離滅裂だったのか、魔女は顔をしかめた。

「あー、そういう系ね、そういう系……まいったなぁ、被害者に寄り添うとかいっちゃん苦手なんだよな……アタシが何言ってもなぁ……」

魔女は帽子から漏れ出る豊かな紫の髪を揺らして頭を掻《か》き、それから僕を睨《にら》んだ。

「ただ、絶望すんのにゃ千年早い。絶望っていうのは自分自身のことさ。ガキ、お前はまだ生きるんだ。この『忘却の魔女』より先に悟った顔してんじゃねぇ」

魔女はそう言った。だけど、僕は情けなくポロポロと泣いて、あまつさえ魔女に怒りを向けて、この苦しみを消してくれるように、殺してくれるように懇願していた。それを冷静に見つめる僕もいたけれど、もう、全てがどうしようもなかった。

「わーったよ。殺《や》ってやるよ」

魔女は腰に手をあてて、めんどくせぇ、と吐き捨てて僕の頭に手をかざした。

――ありがとう、ございます。

「次に目を覚ました時は、お前は別人だ」

――次？

「お前の連続性は、記憶は殺してやる。殺してやるのは今までのことだ。泣きわめくお前はここで死ぬんだよ。新たなお前の門出だ」

――何を言っているんで――

「アタシは千歌《ちか》二絵《にかい》。皆からは『忘却の魔女』って呼ばれている」

…………。

「もしお前がマイナスからゼロに戻ったなら、その時は記憶を返してやるよ」

僕の頬《ほお》を冷たいものが伝った。僕は、元の世界に戻っていた。元の地下、いつもの廃駅で、千歌さんとナギさんが僕を心配そうに覗《のぞ》き込んでいた。

「シズキくん……」

「どうだ、全部思い出したか?」

顔を拭って記憶を再確認する。うん、僕の記憶は戻っている……父のこと、そしてヒバナとナギのこと。脳裏に大きな背中と幼い笑顔が浮かんではすぐに消えていった。

「………そうですね」

熱く燃える怒りに似た何かと、冷ややかな感情と、腹のうちがぐるぐると妙な感じがする。怒りとも悲しみとも慈しみとも、何とも取れない、心地が悪いけれど嫌じゃない感情。そういった何かを、息を吸い込んで飲み込んだ。……うん、大丈夫。少し時間を置いたおかげで自分自身を俯瞰《ふかん》することもできているようだ。

「シズキくんっ、ずびっ、ごめんなさい。私との記憶を思い出すのは……つらかったでしょう……」

「いえ。嬉《うれ》しいですよ、ちゃんと昔と向き合えて……過去のことで良かった。大丈夫です……腑《ふ》に落ちているだけです」

ナギさんは白い肌を赤く染め目を何度も拭っている。涙で目の下を赤く腫らし、正直僕より泣いている。千歌《ちか》さんは申し訳なさそうに顔を背けていた。

「……今まで言い出せずにすまなかった。シズキには、魔法を嫌いになってほしくなかった。お前が魔法使いの敵になってほしくなかった」

「いいんです。……僕の面倒を見てくれてありがとうございます」

あの後、僕は記憶をなくし、千歌さんに育てられたのだ。なぜ、千歌さんと共に居たのかはっきりした。千歌さんは僕の記憶を奪っただけでなく、そのまま育ててくれたのだ。

あの場で初めて出会っただけの、ただの少年を。

「アタシがシズキを魔法使いにしたんだ。お前に忘却魔法をかけて……『魔法憑《つ》き』にしたんだ……面倒を見るなんて当然の義務だったさ」

「大好きです、千歌さん」

「バッ……何言ってんだ、オイオイ、何言ってんだ？　……何言ってくれてんだ⁉」

僕が破壊魔法に目覚めて魔法使いになったのも千歌さんのお陰だ。助けられて、たとえそのせいで魔法を与えられても、恨みがましい気持ちなんてあるはずもない。

「見ず知らずの人を助けるのが当然だなんてなかなか言えませんよ」

「よせ、気持ち悪いって！　てかシズキがそれを言うなよ……。あの時は単にヒーロー的な気分だったんだ。今はもうヴィラン千歌さ」

「ううう～……千歌先生カッコいい～……」

ナギさんはもう涙を拭うのを諦めたのか、ぐしゃぐしゃの表情で千歌さんに抱き着いた。

「うわっ鼻水付くって、やめてよぉ……てかあの流れで助けないなんて、女が廃るだろぉ」

そういうことをさらっと言える千歌さんは、やっぱり僕の師匠だ。なんだか不意に、胸と目頭が熱くなる思いに駆られた。

「千歌さん、僕は本当に感謝して……」

「あーしっとりすんな！　やめやめ！　シズキを拾ったから自分の恋愛ができないとか時間が吸われるとかどうして学費払ってるんだろとかこっちだって色々考えてるんだよ！　いい話風にすんな！　シズキはもっとアタシを恨め！　不幸を呪え！　いいなっ！」

「……本当に感謝はしているんですけど、どうして千歌さんはそういう感じの……あまのじゃくな千歌さんなのでしょうか」

でも、そういう所がカッコいいんだ。僕にとって、千歌さんはやっぱり師匠だった。

「てめ、アタシの目が黒いうちはアタシを常識人扱いさせないからなっ。ひよっこがっ、出直しやがれっ」

千歌さんは張り付いたナギさんをぶんぶん引きはがそうとしていた。珍しく本気で照れている千歌さんが見れたのは、少し嬉《うれ》しかった。

それに、悲しい以上にやはり嬉しいのだ。必要だった思い出を、大切だった人たちを思い出せたことが。僕はマイナスから帰ってきた。事故現場で出会っていた僕らは、やっとここで再集結できた。そんな気がした。

28

「あのー、いちゃこら終わりましたかねー、それともまだ感動的ですかねー」

キオスクの外から、ひょこっとミコさんが顔を出した。タップダンスを踊るような足取りで建物内に足を踏み入れ、やや引きつった笑顔で後ろ手を組んだ。

「大丈夫です。僕も……もう、戻ってきました。父のことも、ヒバナのことも……あとはこっちで勝手に悼みますよ」

父のように果敢になり、ヒバナのように誰かを照らす。これからそう在ろうと思う。そんな個人的な思いは、ここから先僕が抱えていくべきものだ。ここからは仕事の時間。僕も切り替えるべき地点だ。

「……もうちょっと落ち込んでいるかと思いましたが、さすがシズキくんですー。そいえば黙ってたんですけどー、千歌《ちか》さんとシズキくんの十数年あるかないかの年齢差で親子的な関係だとややインモラルな感じですよねー。別に全然気にしなくていいですけどー」

「その感想は最後まで秘めていて欲しかったですね、今本当に要らないので」

ニコニコ笑顔のミコさんに冷や水を浴びせられて、すっきりした気分が戻ってきた。

「それでー、やっとわかったんですねー？　あの『サクラ』の居場所がー」

「ええ……ずびっ、そうねっ、私のっ、叔母の……」

「うっわ、まだ泣いてるー」

「ま、そっちが本題だわな。へへ、ばっちりわかったぜ」

狭い室内、千歌さんは得意気で、ナギさんは泣き、ミコさんは引いている。なんだか僕らしい光景だな、と思った。

「そういえば、僕の記憶の中に居たあのサクラ髪の女性が……」

「あぁ。あれが『家入《いえいり》サクラ』だな。けっ、まだ若かったなアイツ……」

サクラ色の頭髪に冷ややかな瞳、一瞬見せた狂気的な面。脳裏で魔法を唱える直前の残忍な表情が浮かんで、なんだか気分が悪くなった。

「アタシの……魔法使いの敵だな。家入サクラは、全ての魔法使いを殺そうとしている。そうして魔法使いのいない世界を作るのが目的だ」

千歌さんは廃駅遠くの壁を見つめている。全ての魔法使いを消す、という目的は初めて聞いた。なんだか胸がざわめいた。

「……その家入サクラ自身も魔法使いなんですよね？」

「そうだな。ま色々あんだよ」

「……ずびっ、ずっと聞きたかったのだけど……サクラって私の叔母の、『家入サクラ』

なのよね？　叔母がボケちゃったのは……」

「あぁ、アタシがヤツから記憶を奪った。……んだけどサクラは『苗の魔法』を自力で編み出すレベルの、どんな欠点があっても魔法の才能だけは認めざるを得ないようなヤツでな。そろそろ自力で復活してきやがるはずだ。

……こないだから戦っている『妙な魔物』もいるだろ？　あれも家入《いえいり》サクラの先兵だ。記憶再生のための魔力を回収する役割と、ついでに魔法使いを殺す役割だな。本来魔物は命令を受けられるほどの知性を持たないが……ヤツは本来不可能な、『魔物から人間への回復』に一部、知性の面で成功している。大方、魔物を従えて自身の回復に利用しているんだろう。かぁー、回復って便利だよな、アタシもそっちの方が良かった」

「記憶っていうのはその……どこまでの範囲なんです？」

「自我とか精神まで破損するレベルだ。それを奪っても復活するような天才なんだよ、サクラは。意味わかんねーだろ？　もう一度、アタシの魔法で記憶をぶんどってやる」

僕の言葉に対し千歌《ちか》さんは一瞬口を開いてから閉じ、渋い顔で頷《うなず》いた。

「僕も行きますよ」

「シズキは……いいや大丈夫か。うん、行こう」

「実は二絵《にかい》ちゃんって無駄に心配性なんですよー。魔法の事故で近しい人を失ったのはシズキくんもサクラも同じだからってー、サクラみてぇな思想になるんじゃないかって心配して、それでシズキくんの記憶をずっと隠してたんですよ？　シズキくんに限ってそんなことないと思うんですけどねー」

ミコさんはそう補足した。なるほど、確かに父のことは……だいぶ、参った。今は平気だが幼い僕にあの記憶を見せていたらどうなっていたかわかったものではない。というかミコさん、千歌さんのことを二絵ちゃんって呼ぶんだ。そっちが気になった。

「……どうかしら、シズキくんはぼんやりしていそうで意外とごちゃごちゃ考えているから、隠したのは正しい判断だと思うわよ」

「あら、その年でもう嫁面ですかー。わー、こんな卑しい子実際にいるんですねー」

「………………」

僕のフォローをしたナギさんは赤くなって黙ってしまった。毒を吐くのが早いよ、ミコさん。

「ミコさんちょっと頭に来てます？　今日隠しきれていないですよ、牙が」

「何がですかー？　うふふ、シズキくん面白いですねー。ミコがまるで内心何思っているかわかったもんじゃない女みたいじゃないですかー」

もう完全にその通りなんだけれど、ぼろくそに言われる理由を作るのも嫌なので黙った。

「おいミコ、アタシとシズキの愛に嫉妬してるんじゃないよ。ア・イ・に」

「関係ないですけどー、私、ハートフルな映画って総じて気に食わないんですよねー。見てて何が楽しいんでしょうかー。絆《きずな》とか勝手に深めてろですよねー関係ないですけどー」

全然関係なくない。ミコさんは悪口を言うなら相手の目の前で率先して言おうとするタイプなので怖い。多分、任侠《にんきょう》映画とかが好きだ。

「まぁ勝手にやっててくださいー。ってことで、シズキくん大好きクラブの皆さんに依頼です！」

「全然好きじゃないわよ⁉　私っ、別にシズキくんのことなんて……」

「あぁ、明太子《めんたいこ》と同じぐらいの好きでしかない。そうだろ？」

微妙に茶化《ちゃか》す千歌《ちか》さんと赤くなったナギさんに挟まれ、ミコさんに指さされた。

「魔法協会所属鬼灯《ほおずき》ミコの名の下に、魔法使いの敵『家入《いえいり》サクラ』の処理を命じます！」

29

千歌さんは、キオスクの天井を見つめながら教えてくれた。

家入サクラという人物は、かつての魔法協会で大きな功績を遺《のこ》した人物であることを。

薬学、解剖学に通じ蘇生《そせい》を魔法で再現し、果ては時間遡行の研究まで進めたという大魔導士。僕が使った『苗の魔法』も家入サクラの開発によるものだという。

だが彼女は、重大な禁忌を犯した。それは『死者蘇生に関する禁忌』ならびに『魔法秘匿に関する違反』、『一般人に対する魔法の行使』。その他禁則事項四七に及ぶ余罪によって、結果として『魔法に関する記憶の剥奪《はくだつ》』、『感情の制限』の二つ、魔法界で死刑を除き最も重い刑を受けた。

「その『記憶の剥奪』の刑を執行したのが、アタシだ」

千歌さんに並んで、僕も天井を見上げていた。

僕は久しぶりに狭い室内で寝転んでいた。というのも、今夜「家入サクラ」を襲撃することが決まった。アパートには戻らずここで仮眠をとって出発する手筈《てはず》になっている。

「千歌さん、一つ気になることが」

「なんだ」

「何度もそのサクラと対峙《たいじ》したことがあるんですか」

「そうだな」

「千歌さんはそのたびに記憶を奪っているんですか？　何度も？」

なんだか面倒を嫌う千歌さんらしくないというか、無駄の多い手法に思えた。

「もう二回は奪っている。完全復活する前にな……ま、アイツにも事情があるんだよ。同情しているわけじゃねぇが、……なんつーかな」

そう言いながら、千歌さんはぽりぽり頭を掻《か》いた。

「シズキの言いたいことはわかる。『敵』だって言う割には、アタシが何度も勝っているのにヤツが生きているのはおかしいと思うだろ。手っ取り早い方法はいくらでもあるよな」

「殺せばいい、なんて言いたいわけではありませんが」

「なんにせよ回りくどいのはわあってる。アタシらしくないように見えるだろな……なぁシズキ、あの、頭が着脱式のアンパンでできた正義のヒーロー、知ってるだろ？」

「急に何ですか。着脱式？」

「どうしてアンパ○マンは、何度懲らしめても立ち上がるバイキ○マンを、さっさと殺してしまわないと思う？」

本当に何の話だろう。しかし千歌《ちか》さんの横顔はいたって真剣そのものだった。

「それは……あのパン屋世界はそういう世界観じゃないからでしょう」

「そうだけどそうじゃなくて！　……アタシが言いたいのは、現実だったら何度懲らしめても誘拐に通り魔を繰り返すバイ菌なんて、監禁か殺菌しかないだろう。だがアンパ○マンは大丈夫だろ？　なぜって、絶対的な強さを持っているから。バイキ○マンが暴れようと最終的にはなんとかなる」

なるほど、急に子供の夢を壊そうとしたわけではないらしい。厳かに知育テレビを例に出す千歌さんの言わんとすることが、なんとなくわかった。

「アタシは、それが欲しい。真に優しくなるには、相手より一回りどころじゃない、何倍も強い力を持っていなければいけないんだ。そうしてやっと、どんなヤツでも受け入れられる。圧倒的でなければ、優しさには届かない」

暗がりの中でも、千歌さんの眼球が宙に向かって鈍く光っていた。

「千歌さんって……意外と理想家なんですね」

「そりゃそうだ。ニートが理想家じゃないわけがないだろう」

「自分で言っちゃうんだ」

「アタシの夢、シズキに話したことあったっけなぁ」

理想に生きる彼女は何か思うところがあったようで、少し唸《うな》ってから静かに口を開いた。

「どんな魔法使いでも幸せに暮らせる世界を作るんだ。もし魔法使いがそれを拒んでも」

僕は彼女の顔を見つめ、頷《うなず》いた。……最後の一言が、僕には気がかりだった。

「だからアタシは、魔法使いを殺さない。魔法使いを損なえば、サクラと同じ所に落ちる。アタシは圧倒的な力を以《もっ》て、何度サクラが向かって来ようとそのたびに撃退して、なんでもない世界を作りたいんだ。何が起こっても次の回では日常に戻る、平和のヒーローみたいに」

千歌さんはふっと笑って、急に、穏やかであるのに冷たい眼差《まなざ》しを向けてきた。暗闇の中に、鮮血のように鮮やかな緋色《ひいろ》の眼球が浮かび上がった。

「シズキはこれが正しいとは、思わないだろう?」

「――いえ、素敵な世界だと思いますよ」

僕はとっさに答えた。

「どうかな。シズキは誰かを犠牲にして生きる理屈を認めているかい？　人が食事をして平然と牛を殺し続けるように、犠牲の上に生きることは正しいと思うかい？　世界のどこかで水を求める人がいるのに、噴水を眺めるカップルは愚かだと思うかい？」

「食事も格差も魔法使いとは話が別でしょう」

僕はとっさに、答えてしまった。今度は意図しない形で。

「ほらね」

千歌《ちか》さんは微笑《ほほえ》んでいた。

千歌さんが求める世界、魔法使いがいる世界というのは、そういうことだった。守りたい人々が幸せで、当然のように誰かは虐《しいた》げられている。

「いいんだ。結局、答えが欲しいわけでも、きっとどちらかが正しいわけでもない。アタシは犠牲にするものの数なんて数え疲れてしまったけれど、まぁ、人によるよな。ただ、あんまり考えすぎるとメシが不味《まず》くなるぞ」

「……でもそれを認めていいんでしょうか」

千歌さんは暗闇の中で、深く長く息を吐いた。

「はぁ～、小難しい話しすぎて疲れちまったぁ。今は休まないとな。ただでさえ色々あったもんだ」

千歌さんはもぞもぞと動いて、布団にもぐった。――僕はまだ、天井を見つめていた。

甘い理想を話す彼女と、甘い理想の先にある世界ですら不満を持つであろう僕。

一体どちらが、より甘っちょろい人間であるのか。

30

決行は深夜。魔法使い「家入《いえいり》サクラ」から記憶を奪い、無力化する作戦が今始まる。

待ち合わせはナギさんの家の前。こっそりとサクラさんの住居に入れてくれるという。

僕と千歌さんはすっかり冷え込んだ冬直前の夜空の下、身を小さくして歩いていた。

「シズキ、緊張している？」

「いえ、寒いですね」

「アタシもそう思う。寒い時って寒い以外のこと考えられないよなぁ」

下らないことをぶつくさ呟《つぶや》いて僕らは歩いた。不意に、千歌さんが咳払《せきばら》いをした。

「ときに、ナギちゃんのことどう思う」

「今度は恋バナですか」

「そう思うかい？」

背中を丸めた千歌さんの表情は見えない。同じように俯《うつむ》くと、色の無いコンクリートに枯れ葉が固まって落ちており、冷風に吹かれて転がった。服に隙間があれば体の周囲をすぐに冷気一色で染め上げられてしまうであろう寒さに、緊迫感を感じる。

「ナギちゃんって、少女だよねぇ」

「……そうですか？　大人びていると思いますけれど」

「期待に反した諦め、ほんのり不信と反抗、背伸びしたツンとした態度。全部〝良い〟よねぇ。アタシ萌芽《ほうが》の女は大好物なんだよ、ぐへへ」

「うわキモっ、すいません普通に気持ち悪いと思いました」

「一度に二回言うな、嫌悪は一発でいい」

「それを冗談で済ませられる年齢でもないんですよ、千歌《ちか》誘拐さん」

「おい年齢でバカにしたな？　おばさんにだって少女の時代はあったんだぞ？　おばさんじゃないけどな??」

年齢の話題が出ると冷静でいられない千歌さんは誘拐犯扱いを華麗にスルーした。この人本当は何歳なんだろう……なんて考えていると、だんだんいつも通りの調子が出てきた気がする。顔を上げると、吐いた息の白さが夜空の下でよく見えた。

「んで？　まだナギちゃんへの想《おも》いを聞いていないぞ？」

茶化《ちゃか》すように、千歌さんは肘で僕をつついた。

「そうですね……僕自身は、ナギさんのことを大切に思っています。けど彼女にとって僕は、まだ信頼できる相手ではないと思います。きっと秘めるものが多いのでしょう、無理に聞こうとは思いませんが」

「だよねぇ。やー、でもシズキが気づいててよかったよ。無責任に『好かれていると思います』なんて言ったらハッ倒してた」

「僕の辞書にもデリカシーって言葉はあるので」

「でもなぁ、シズキしかいないんだよなぁ……今のナギちゃんは他人任せなんだよ。ときには生きる理由すらね。今はシズキに寄りかかっている。それが悪いとまでは言わないが……おかげで彼女が魔法使いになれるかも50《フィフ》／50《フィフ》止まりにしかならん」

「えっ、そこまで頼られてます？」

「頼るしかないんだよ。ナギちゃんはそこまで強くなれないんだ」

陰口みたいな話になってきた。それに、今から行くのはサクラさんの記憶の封印だ。確かにナギさんが関わるとは言え、何かが変わるのだろうか。

「可能性の話だ。お前は唯一、嘘《うそ》つきな心に踏み込める存在かもしれないんだ。きっと、これが終わればそのままじゃいられない。つまりアタシが言いたいのはね、シズキ。お前だけは、何があっても彼女を認めてやれよ」

僕の背中をばん、と叩《たた》かれた。多少しゃきっとしたけれど、千歌さんが言いたいことはいまいち僕に理解できなかった。

ナギさんは家の前で待っていた。身をかがめながら僕らは手を上げて挨拶した。

「ふわぁ……わざわざ深夜で……少し眠いわ。この時間帯じゃなきゃダメだったの？」

「お楽しみは夜って決まりがあるのさ。大人はもちろん、子供だってケーキに点《つ》けた火を楽しむには部屋の明かりを消すもんだ」

「千歌《ちか》さんの生活リズムと敵への不意打ちを兼ねるとこの時間になるってことですね」

緊張感があるんだかないんだかわからない千歌語を翻訳し、鍵をこっそり拝借したナギさんを先頭に、僕らはサクラさんの住む離れへと侵入した。

離れは階段のない平屋であった。フローリングは現代基調ではあるけれど、壁にかけられた写真やカーテンからどこか古めかしさを感じる家だ。一通りリビング、寝室、洗面台と回るけれど誰もいない。千歌さんはものをひっくり返してまわり、ナギさんは顎に手を当てて考えていた。

「んー？　どこかに隠し部屋でもあるのか？」

「……夜になると、ベッドの奥底から唸《うな》る風みたいなヘンな音が聞こえることがあったわ。昔はそれが怖くて……ベッドの下を見ても何もいなかったのだけど」

リビングでたたずむナギさんの視線の先には、ナギさん姉妹が写る写真立てがあった。それに近寄り、彼女は何かその台座を弄《いじ》っていた。

「ほら、あったわ。この写真の場所がいつもずれていていてね。叔母さんがよく触っていたの」

写真立ての奥には、地下図書館で見た苗の文様があった。ボタンみたいにそこだけ浮き出た石の台座が、一見普通の棚からぽつんと浮き出ていた。

千歌さんと顔を見合わせ頷《うなず》き合い、手をかざして『苗の魔法』をかけた。するとリビングの中央部の床が移動し、穴が開いた。

「アイツこういう仕掛け好きだなー」

「きっと、ここから音が聞こえていたのよ……何かが、いるのかしら」

リビング中央で口を開くみたいにぽっかり黒色の穴が開いており、地下への梯子《はしご》だけが穴の縁にかかっている。何か恐ろしいものがこちらを覗《のぞ》いているような気がした。


僕を先頭に梯子を降りていくと、一番下には岩をくりぬいたであろう開けた空間があった。岩と光のない白熱電球の並ぶ光景は炭鉱のようだ。千歌さんの光の魔法で周囲を照らすけれど、まだほの暗く不気味である。炭鉱にはUの字を逆にしたような形の、岩を切り崩しただけの通路が口を開いていた。僕を先頭にして進むことにした。

後ろから千歌さんはふわふわ浮かぶ光を操り、僕の真後ろにはナギさんがいる。彼女は僕の裾に触れるほどの近さでくっついて進んでいたけれど、その手は震えていた。

「ナギさん、大丈夫ですか」

横目で振り返ると、ナギさんははっと正気に戻ったように顔を上げた。焦燥感のある顔に目だけはじっと奥の暗闇へと据えられていて、異様な怖がり方をしているように見えた。

「全然平気……本当よ」

「僕の服に掴《つか》まっていてもいいですよ」

「怖くはないの。でも……本当に、本当に、大丈夫だから」

彼女は本当に、と繰り返し言った。ナギさんが「本当に」と言う時はほとんど嘘《うそ》だ。薄明かりの中で、彼女の唇が青く見えた。

「実は僕の方が怖いので手をつないでもらっていいですか」

そう言うとナギさんは少し驚いたように口を開いてから、息を吐いた。

「……はぁ、何よ、嫌な気配がしたのは私だけじゃなかったのね……ん、それなら、ほら」

待っていたかのようなスムーズさで彼女は手を差し伸ばした。彼女の冷たく、鳥肌の立った手をぎゅっと掴んだ。お互いの汗が指にまとわりつく。爪は立てられなかった。気恥ずかしい温かさを指に感じながら、僕らはさらに進んだ。

「この洞窟、どこまで続くのかしら」

「もう終わりだ、そこまでだな。いるぜ、デカいのが」

千歌《ちか》さんは光の魔法を小さくした。通路の奥にはまた一段広い空間があって——そこには魔物がいた。間違いない、僕の記憶の中で見た、首無しの魔物と同じものが座っていた。

「……しかし魔物って、あんな大人しいですっけ」

薄明かりで目を凝らすと、首無しの魔物は恐ろしい外見の割に眠っているのか微動だにしない。人間の成れの果てだからといって、魔物が睡眠を必要とするとは思えない。

「静かに。このまま仕留めちまおう。シズキ、この距離から破壊できるか？　アタシの魔法だとちと厳しい」

「多分行けますよ。石礫《せきれき》に『破壊』を込めて伝播《でんぱ》させれば、八割は崩せるはずです」

「うそ、そんなはずない……」

僕と千歌さんが通路の出口で作戦会議をする間、ナギさんは何かぶつぶつ呟《つぶや》き、小さく首を振っていた。

「ナギさん、どうしました？」

「シズキ。先に魔物を倒しておこう。気が付かれたくない」

ナギさんの様子が気になるけれど、敵の眼前で確かにあまり動きたくはない。僕は近くの小石を手に持ち、石の周囲を覆うように破壊の魔力を込めた。

「……わかりました、石、投げます。いざという時のため千歌さんは防御魔法を……」

「ダメっ！　あの魔物を、あの子を殺しちゃダメ！」

「馬鹿ッ、声を出すな」

ナギさんの口が千歌さんにふさがれる。しかし、音は出てしまった。

「Ｇｒｒｒｒｒｒ……」

　魔物は一瞬起き上がった。無い首を振り、明らかに周囲を警戒している。

「なにしてるんだナギちゃん」

「千歌《ちか》さん、お願いっ……忘却魔法を私にかけて」

　ナギさんは小声で、しかし目に涙を浮かべ、千歌さんに口を押さえられながらももがいて訴える。手の中の石は魔法で自壊し、手にはざらざらとした粉が付いた。

「忘却魔法は、忘れさせた記憶を見ることができるのでしょう？　お願い、私の記憶を抜き取って。あの魔物は、あの子は……」

「……ここで？　後でじゃダメかい？」

「ダメ。今じゃないとダメなの……忘却魔法には思い出深いものがあればいいのでしょう？　これ、シズキくんに貰《もら》ったチョーカー。私、ずっとこれをつけていたわ。だってシズキくんがくれたものだもの。シズキくんに再会して、それで初めて貰った……」

　ナギさんのその言い方が妙に気になった。それに、なぜこんなに必死に……。そこで、僕の中のぼんやりした疑念が形を持ち始めた。千歌さんが突入前に言ったこと。

「……シズキ、いけると思うか？」

「忘却魔法を見ている間、現実に時間が経過するわけではないですよね」

　千歌さんと目くばせする。あまりやりたくはないが……こんなに必死になるナギさんを無視することもできない。僕は頷《うなず》いた。

「あー、わあったよ。やってみる。この状況で気絶者を出すのが安パイたぁ思えないが……じゃリラックスしてくれ、ナギちゃん。今から一時的に記憶を取り出してそのチョーカーで再生する。見たらすぐ戻すし、記憶の再生は現実に時間がかかることじゃないが、安全は期したい」

「お願いするわ。……シズキくん、私の記憶を見てくれる？」

「……わかりました。そうしないと、わからないことがあるんですよね？」

彼女は小さく頷いた。

「これから伝えることは驚かせるかもしれないけれど、必要なことだから。あの子を知らないまま消すことだけは、ダメだから……」

「――やっぱり、ナギさんは殺さないとダメなんですかね」

僕の言葉に一瞬驚いた表情をした彼女は、千歌さんの魔法にかかって目をとろんと蕩《とろ》けさせ、そのまま気を失った。

出てきた白いモヤが彼女のチョーカーに宿る。僕らの視界に光が満ちていき、僕にも何か、記憶が流れ込んできた。ナギさんもこうして僕の記憶を見たのだろう。拒むことなく、魔力の流れに身をゆだねる。そうして僕は、彼女の記憶に入った。

31

目を覚ますと、僕は車の中にいた。運転席の後ろに座っているようだった。

「あんなー、ナギ姉ちゃん。今から行くキャンプ場なー、キャンプファイヤーできるらしいでー」

自分の体から間延びした、抑揚のない可愛《かわい》らしい声が出てきて驚く。ぱっと自分を見下ろすと、僕の体は半透明であった。代わりに、僕に重なるようにしてオレンジ色のTシャツを着た女子が座っていた。

つい息を呑《の》んだ。立ち上がって自分が座っていた場所を見ると、家入《いえいり》ヒバナが後部座席でちょこんと座っていた。

なんだか泣きたいような心地になった。けれど、「ヒバナ、黙って」という、小さいながら冷たく、よく通る家入ナギの声が聞こえて、ぐっと現実に引き戻された。正確にはこの世界は記憶の中であって現実ではないけれど。

「なーなー、マシュマロ焼きたいなぁ」

「……黙ってと言っているでしょ。私、疲れているの」

ナギはヒバナの隣で物憂げに窓を眺めながら、口先だけで苛立《いらだ》ったように話した。なんだか僕の記憶の中より随分と冷淡な印象であった。

「そっかーごめんなぁ。サクラさん、サクラさんはキャンプファイヤーやろうなぁ」

「あぁ、楽しみだね。だけどヒバナ、あまりナギを困らせてはいけないよ。彼女はこれからお仕事なのだから」

今度は前座席からしっかりした女性の声が聞こえてきた。見れば、このセダンを運転しているのは「サクラさん」と呼ばれた、家入サクラその人であった。

今度は胸の中に黒く痺《しび》れるような敵意が芽生えた。あのテレビ局でナギを気絶させ、見下ろしていた魔女と同じ顔をしている。父の仇《かたき》でもある……が、今は冷静になろう。

サクラは僕の記憶で見た時より凛々《りり》しく余裕があるように見えた。よく見ればきりりとした切れ長の瞳と、薄く美しい唇を持った女性だった。ナギさんを思わせる美貌をしているからこそ腹だたしい。試しに運転席を蹴飛ばしてみるが、半透明の僕の体が触れても座席をすり抜けて何も起こらなかった。

車はごとんごとんと進み、窓の外は木々が立ち並ぶ光景からところどころ広場が広がり、テントや焚《た》き火台もちらほら見かけるようになってきた。ヒバナは最後の会話で「キャンプ場に行く」と言っていた……。焦りに似た気持ちで鼓動が速くなり、胸の奥がじりじりと痛んだ。

さらに進んだ所で車は停止した。周囲を木々に囲まれた、低い草とウッドチップの散らばった広場であった。遠くの空には薄い青色の山々が広がっている。

ヒバナは車から野原に飛び出た。それから僕はしばらく駆け回るヒバナを追った……ナギはどうやらメイクをしているようで、先に停車していたカーテンのかかったバスに入ったきりなかなか出てこなかった。早く来た割に何か急いでいるわけではないらしい。ヒバナはそこらへんの太い木を蹴っ飛ばして遊んでいた。

それからメイクを終えたナギがバスから大股で出てきて、近くに居たディレクターと何かを話していた。ヒバナは遊び疲れてぼけっと木に背中をゆだねていた。

するといつの間にかナギはヒバナの隣に現れ、眉間に皺《しわ》を寄せて言った。

「しゅえん女優さんが遅れているの。おかげで、もう一時間は待つみたい。私、待つのはきらいだから逃げてきた。ヒバナ、どこかに行きましょう?」

ナギはぷんぷんと怒っていた。静かな声色以上に怒りがあるのか、せっかく着ていた綺《き》麗《れい》なドレスを家入《いえいり》家の車内で脱ぎ捨ててきたらしい。普段着であるらしい青いシャツを着ていた。顔だけがメイクで発色よく、太陽光を反射してキラキラ光っていた。

「どこかってどこや?」

「どこでもいい。行くわよ」

ナギは不機嫌そうに口の中でぼそぼそ話し終え、木々の広がる方へ歩き去っていった。それにつられてヒバナも歩き出す。ナギは儚《はかな》げな声で話す割に強い意志で行動する子だったようだ。あるいはヒバナの前では姉らしくワガママだったのか。

幼子二人は森の中をずんずん進んだ。「どこ行くん？」とヒバナはしきりに声をかけ、それに対してナギは「黙って」と冷たく突き放す。これを何度か繰り返していた。

やがて、一際大きい苔《こけ》むした大樹の傍《そば》でナギは座り込んだ。

「ここまでくれば、ばれないでしょう」

「ばれないって、誰にや」

「みんなから。……みんなみんな、ばかなのよ。私がいい顔すればしあわせだと思っているのだわ。誰もほんとうの私なんか見ていないの。ヒバナ知っている？ 私が今回する役ってね、ただの森の妖精さんなのよ。そんなの誰にでもできるでしょう？ なのに、私がいると『しちょうりつ』が上がるからって、ヘンなところに入れてくるの。役まで無理矢《むりや》理《り》作ってね。こんなことに意味があると思う？ はぁ、ばかみたい。私疲れちゃった」

「へぇ、そうなんや」

ヒバナはわかったのかわからないのか唸《うな》って、

「みんなナギ姉ちゃんのことが好きなんやなぁ」

と言った。

「はぁ？ 聞いていた？ ばかなの？」

案の定、ナギは怒った。

「みんなみんな、ナギちゃんがいると嬉《うれ》しいんや。だからなんていうんやろ、うーん、『もとめられている』んやなぁ」

「……もとめられたって、くるしいだけでいいことなんてないわ」

なおもニコニコと話すヒバナに、ナギは少し面食らったように顔をしかめた。

「ヒバナに話した私がばかだった。どうせわからないものね。さあ、行くわよ」

ナギは再び立ち上がり、またどこかを目指して歩いた。


そうして二〇分は歩いていた。こんなに歩けばたとえ子供の速度でも誰か大人に見つかることはないだろう。そしてこれから起こるであろう、〝彼女〟の死に繋《つな》がることを考えると……苦しかった。それでも知らなければならない、と僕は自分を奮起させた。

もう一〇分は歩いた。

雨が降ってきた。そして、土砂降りになった。

幼子二人は雨の森の中を走った。先に歩いていたはずのナギは疲れたらしく、走るヒバナにナギが連れられる形になっていた。そうして崖の切り立った場所の近く、岩穴を見つけて入っていった。

「ナギ姉ちゃん、もう帰ろう。きっとみんな心配してるで」

岩屋はしっとりと暗い。豪雨の降る外が白く光っていて、水と雷の音が岩の間で反響していた。ヒバナは雨で濡《ぬ》れた自分の服を絞り、大きな岩を椅子にしていた。

「心配させておけばいいのよ……へくっし」

服を絞るヒバナ以上にナギはびしょびしょで、体を抱いてぶるぶる震えている。ゆっくり歩いていたナギは雨に直撃され濡れ果てたようだった。対してヒバナはフットワーク軽く木々の合間を縫っていたためか、そこまで濡れていなかった。

「ナギ姉ちゃん。シャツ交換せん？　ウチのはあんまり濡れてないで」

「いやよ、ヒバナのシャツなんて汗臭そう……へくっし！」

ナギは最初こそ嫌がっていたが、二、三度とくしゃみをするうちに相当寒くなったのか、シャツを交換することになった。

「ウチ体温高いからな。ウチが着ていれば、すぐシャツも乾くで」

ヒバナは青いシャツを着て、そう胸を張った。

「……ちょっと臭いわ」

オレンジ色のシャツを着て、ナギが蹲《うずくま》った。二人は小さな穴の中で身を寄せ合っていた。

雨の音がざあざあと響いていた。

雨音は強くなっていく。激しい音に不安が増したのか、二人はより身を寄せた。特にナギはさっきまでの怒りが冷めたのか、身を屈《かが》めて怯《おび》えていた。

だがそんな雨の音に、誰かの声が混じり始めた。

「──ギ！　──バナ！　こに　る？　返事……ろ！」

雨の音に混じって、メガホンで拡声したかのような声が響いていた。

「……サクラさん！」

ナギがいち早くそれを聞きつけ、すくりと立ち上がった。

「え⁉　今の叔母ちゃんの声か⁉」

「まちがいないわ！　探しているのよ、行きましょう！」

「ナギ姉ちゃん、さっきまで見つからないように、って……あ、待って、危ないで！」

ヒバナが呟《つぶや》いているうちに、ナギは雨の降る中に走り出してしまった。

そして。

「きゃあっ！　な、なにっ⁉　やめてっ！　きゃあああっ！」

「ナギ姉ちゃん⁉」

走っていたはずの影が、消えた。正確には、横から跳び出た犬のようなものに攫《さら》われて、その姿が見えなくなった。

──僕には見えた。あれは、魔物だった。

「ヒバナ！　サクラさん！　助けてよっ！」

ナギの声が、下の方から響く。

ヒバナはすぐに駆け寄るが、ナギが消えた方向には四五度以上ある斜面があった。

谷だ。崖の下のさらに低い場所に川が流れていたのだ。川を中心に谷になっており、そこにナギは連れ去られてしまったようだった。

「ナギ姉ちゃーん！」

ヒバナは崖を滑るために腰を落とした。危ない。僕は止めようとするも、もちろん手はすり抜け、ヒバナは斜面を器用に滑り落ちていった。

半透明の僕も追う。けれど、滑り落ちた先は酷《ひど》い状況だった。

「ナギ姉ちゃん、どこや！」

川が氾濫している。本来は崖の下からなだらかに続いているであろう川が、斜面の中腹まで迫っていた。突然の増水だろう。

運動神経がいいのか、ヒバナは斜面にある斜めの木に上手《うま》くよじ登って水面を見渡していた。姿はない。魔物に攫われたはずだが、この増水で流されてしまったのだ。

「ナギ姉ちゃんが……どうしよう……いや、どうしようやない。いける、いけるんや」

ヒバナは自分に言い聞かせるように呟き、頰《ほお》を叩《たた》いた。ダメだ。行ってはいけない。増水した川にのまれて無事なわけがない。ヒバナも危ない。僕はそう伝えようとする。だが通じず、ヒバナは、木の上から水の中に飛び込んだ。

瞬間、僕も溺れているかのような錯覚を覚えた。ヒバナと感覚が共有されているらしい。僕は水中で藻掻《もが》いた。上も下もわからず、息継ぎは不可能に近い。そんな中だというのに、ヒバナは確かに水の中に一人の少女が石に引っかかっているのを見つけた。

「(ナギ姉ちゃん！)」

ヒバナは深く潜り、速い流れの中を子供とは思えない速度で進んだ。そんな奇跡に近い行動も、ここまでだった。

ナギは全く体に力が入っていない。その上、石に腕が挟まれている。石は転がってきたのか、ヒバナより大きかった。ヒバナは諦めずに石を動かしにかかった。無茶《むちゃ》に見える光景ではあったが、水の流れが幸いしたのか石は動いた。だが結果としてナギの体は浮かびあがり、なすがままにさらに流されていってしまった。

「(ナギ姉ちゃん！)」

ヒバナはナギを追った。だが、水流の上の方に浮かびあがったナギは速度が上がる。力が入る様子もなく、フィギュアのようにただなすがままに流される。ヒバナの目が血走る。それは焦りと、自身の限界。呼吸はもう限界であった。ナギの方を目指しながら、上を目指す。だが上へ出るということは――水流も強くなる。

世界が暗くなった。何か、ヒバナの後頭部に当たったようだった。僕も視界が見えにくく、周囲が暗くなる。けれどなお、ヒバナは体を動かし藻掻《もが》いていた。

そしてヒバナは何かを掴《つか》んだ。

岸から伸びた草だった。

そこで、ヒバナは倒れた。

「ここか⁉　ヒバナ！　ナギ！」

世界が暗くなると同時に、大人の女性の声が聞こえる。薄暗い世界の中、目端にサクラが見えた。手に魔力を漲《みなぎ》らせ、周囲一帯をなぎ倒しながら進んでいたようだった。

「もし彼女らに何かあったら……姉に顔向けが……いやそんな場合じゃない。落ち着けわたくし……考えろ。わたくしはどんな時でも、やり切ってきた……」

彼女は自身を叱責するように声を低くし、サクラはそのまま手を川にかざす。すると数トンには及ぶであろう川の水がうねって空に浮かびあがった。魔力の動きの反動か、ヒバナの体は完全に陸地に登った。

同時に、水の中からぐったりとした一人の少女が抜き出された。

「ヒバナ！　意識は……ないか。魔法はまずい、すぐに病院へ……」

手際よく魔法でナギを回収したサクラは何かぶつぶつと呟《つぶや》いた。

「……⁉　この噛《か》み跡はっ……⁉」

オレンジのTシャツを着たナギをヒバナだと勘違いしているらしいサクラは、何かを見つけ、悲痛に声を荒らげた。

「どうして！　こんなところに魔物が！」

「サクラ叔母さん……？　収録は、はじまっちゃう？」

ナギも目を覚ましたらしい。小さく透き通る声が弱々しく響いていた。

「……!? ナギ、なのか？ 起きないでいい、大丈夫か？ あぁ、落ち着けわたくし……病院にまずは向かう。それから……魔法の影響をなんとかしないと……」

「収録は、収録は、しゅうろくくくくくくくくくくく」

不意にヒバナの視界は途切れた。真っ暗闇の中、ナギとサクラの声が響く。

「くくくくくぐぐぐぐぐGGGGGGGGG」

「待ってくれ、お願いだナギ。あぁ、ダメだ……そんな、わたくしにできることは……」

壊れたラジオのように音が低くなるナギと、声をかすれさせていくサクラ。視界が見えなかったのは、ある意味良かったのかもしれない。

「ナギ……。魔物になんて、ならないでくれ……」

その一言で、僕の考えは正しかったことが証明されてしまった。

ナギさんが――いいや彼女が、明るさを秘めながらにクールに振舞う理由を。家族と距離がある理由を。魔法を使えない理由を。そしてあの、魔物の正体も。


気がつくと、辺りは病院であった。

家入《いえいり》ヒバナは呼吸器をつけて、白いベッドで寝ていた。

家入ヒバナは生き残っていたのだ。そして。

「あぁ、ナギ……ナギ！　目が覚めたのね！」

ヒバナは眠たそうに周囲を見渡した。きっと、全てが理解できていなかっただろう。

「お父さん！　ナギが目覚めたわよ！　あぁ、良かった……！」

ヒバナはこひゅー、こひゅー、と浅い息を繰り返す。無機質な機器がピピッ、ピピッ、と脈拍の乱れを示した。

「ごめんね、ナギ。ごめんねナギ……ヒバナを助けられなくて」

ナギママにそう言われ、ヒバナは目を見開いた。

「くそっ、……くそっ！　俺がいれば……」父が言った。「家入ナギさん、目覚めたんですね!?」看護婦が言った。「あの、メディアの方がいらっしゃって……」よくわからない、会社員のような人が言った。

ヒバナの目には涙が溜《た》まった。一体、彼女はどんな気持ちであったのだろう。再会を喜ぶにしてはうるさすぎるその病室。彼女は、家入ヒバナは事実上の存在を消された。家入ヒバナは、家入ナギとして助けられた。

そこでヒバナは一度眠ったらしい。暗闇から覚めると、病室の外でこそこそとした話声が聞こえた。

「でもお前、よくナギだってわかったな……俺でも似すぎていて、わからねぇよ」

「あなたそれでも父親？　わかるでしょう、あんなに静かなのだから。それに発見された時に青い服を着ていたのだからナギよ」

「お前だって色で判別してるじゃないか」

「ねぇ……こんな時まで喧嘩《けんか》しなくていいでしょう？」

どうやら、話しているのはナギママとナギパパのようだった。ヒバナは目覚め、壁を向いて聞き耳を立てていた。無機質な白い病室の壁にはいくつものシミがあった。

「あぁ本当に……信じられない。ヒバナが……ヒバナが居ないなんて。ナギはこれからどうするのかしら。可哀想《かわいそう》に……」

それから二〇分は、泣きわめきえずくナギママを、ナギパパが宥《なだ》めていた。とても、痛ましくて聞いていられなかった。きっと、ヒバナもそうだったのだろう。

そうして、ナギママの背中をずっとさすっていたらしいナギパパが言った。

「ポジティブに考えろ……。ナギが生き残っていて良かったんだって」

まだ、ヒバナの方で良かった」

――――僕は、開いていた病室の扉をすり抜けた。

そして、病院の壁に寄りかかる父の胸倉を掴《つか》んだ。実際に掴んだのは虚空だった。

――言っていいことと、悪いことが、ある。たった一言で、ここまで目の縁に血が溜《た》まり顔が熱くなっていくのは初めての経験だった。ヒバナの方で良かった、って何だ？

「まだ、亡くなったのがヒバナの方で良かった」ってことか？

僕は通り抜けるのをいいことに、ナギパパのいる所を蹴った。彼だって悪気があるわけではないだろう。言葉の綾《あや》だろう。疲れているのだろう。だけれど、ナギパパを睨《にら》まずにはいられなかった。

なぜなら、ベッドの上でこの会話を聞いているヒバナの方を見られなかったからだ。

こんなことを聞かされて、誰が自分の正体を明かせるのか。だからヒバナはナギと入れ替わったのだ。彼女は自ら消えてしまった。片方は生き残るも、存在を消された。残る片方は魔物となり果てた。それは両方が死んでいることに近しい結果だった。

妙な浮遊感がして、光が舞い、僕の体は消え去った。

32

「……キ！　シズキ！」

遠くから、声が聞こえる。

「シズキ！　いつまで呆《ほう》けてるんだ？」

「……ぁあ、はい……」

肩をゆすられていることに気が付き、はっと目を覚ます。千歌《ちか》さんが僕の目を覗《のぞ》き込んでいる。気を取り直すけれど、まだ心臓が変な場所にあるみたいだ。脇腹が刺すように痛んで、どくどく鳴っていた。

「もう、わかったわね」

既に目を覚ましていたらしいナギさんは、いいや彼女は涙を流すことなく、けれど、僕の記憶を覗《のぞ》いた時より哀《かな》しげに俯《うつむ》き、床に視線を落としていた。

「私の本当の名前は……」

「ヒバナ。家入《いえいり》ヒバナ……」

僕は彼女の名を呼んだ。彼女の長い黒髪が静かにうなずいた。

「……もう、今度はどうしてシズキくんが泣いているの？」

「泣いてません……」

僕は視界が滲《にじ》み、彼女を抱きしめたいような思いに駆られ――しかしそんな場合ではないと、本能が察知した。

背後から、魔物が飛び込んでくる。すんでの所で彼女の手を取り、抱きかかえて岩の地面へと転がる。直後、岩が破裂して魔物が現れた。

「……っ！　ヒバナ！」

首のない魔物はこちらを見据えて、しかしただたたずんでいる。首のない醜い姿でも、その正体は彼女なのだ。恐れることなく、僕は魔物を見据えた。

「久しぶりですね、ナギさん。テレビ局以来ですかね」

「待たせてごめんなさい。……ナギお姉ちゃん、でしょう？」

首のない魔物は、あの幼き日の家入ナギだ。彼女は低く唸《うな》って僕の方へとこぶしを振り下ろした。もちろん、軽々と回避する。

「ナギさんに気を付けて、ヒバナ！」

自分で言ったことは何も間違っていないのだけど、なんだか変な感じだった。目の前にいる魔物が真のナギさんで今までのナギさんはヒバナで……こんがらがりそうだった。

「もう私の顔も忘れたのかしら？　……もう一〇年は経《た》つのね。ごめんなさい……ずっと、こんな暗い地下に居たのね……」

僕からヒバナへ狙いを切り替えた魔物はヒバナの前で仁王立ちした。ヒバナは、魔物のナギさんに滔々《とうとう》と語りかけている。魔物は相変わらず低く唸っている。

「僕が破壊を……」

「やめろシズキ。ここはナギちゃんに任せよう」

ぐいと服を引っ張られ、後ろに倒れそうになる。さっきまで岩陰で様子を見ていた千歌《ちか》さんだった。ヒバナのことをまだナギちゃんと呼んでいた。

「ヒバナが危ないですよ」

「黙って見てろ」

千歌《ちか》さんはヒバナを見つめている。口を最低限に開く話し方に一切の冗談は無かった。

「おかしいわね……あんなにナギお姉ちゃんに言いたいことがあったのに」

「Ｇｒｒｒｒ……」

魔物とヒバナはただ向き合っていた。大柄な肉塊は表情を影にして見下ろすように、黒髪の少女は見上げて儚《はかな》げな瞳に光を当てていた。

「……何を言えばいいのかわからないわ。いつも、私は、ヒバナはナギの後ろをついて行くばかりだったよね……。……今でもそうだけど。ナギお姉ちゃんならどうするのかなって、私それればっかり……嘘《うそ》ついて、ずっとお姉ちゃんのことを利用していたの……」

彼女は静かに、薄く微笑《ほほえ》みながらも鼻声で魔物に声をかけた。やはり「今までのナギさん」は、「家入《いえいり》ナギ」を演じていたのだ。クールだけどクールでない彼女。落ち着いているのに、落ち着きがない彼女。その二律背反の理由は、彼女が求める彼女にあったのだ。

「お姉ちゃん、私のこと許してくれる？　私が、私がっ、家入ヒバナって今更言うことも、許してくれるかな？　お姉ちゃん、私わからないよ……」

「Ｇｒｒｒｒｒｒ……」

「ごめんね、怒ってるよね、ごめん、ごめんね……自分のことばっかり……ナギお姉ちゃんなら、こんな泣いてる私なんか怒って置いて行っちゃうよね……わかっているわ……」

ヒバナはそこで、涙を拭った。

「もう、やめるわ。

私は、家入ヒバナだもの。今すぐには無理でも、私は、私として生きるわ。それがいいよね。お姉ちゃんも、もう、いいよね？　無理しなくて……」

首のない魔物の手が、素早くヒバナに伸びた——。

「ヒバナ！」

しかし、その手は攻撃のためでなかった。

「……マジかよ」千歌さんも、小さく声を上げた。

魔物は、ヒバナの頭を撫《な》でていた。

「うん……ありがとう、お姉ちゃん」

首のない魔物が、あの引っ込み思案で、おどおどした幼き日のナギと重なった。姿は変わり果てた彼女が、大人になってしまったヒバナを撫でている。

二人の時間はきっと、止まったままだった。死ねないままのナギさんも、ナギを追い越せないままのヒバナも。

「……苦しかったんだね？　ごめんね？　私ばっかり、お姉ちゃんのフリして……うん、そうだよね。わかった……」

ヒバナの周囲に、青白く光が集まる。輪を描き、空気が揺らぎ、青が拡散する。

「——『猫よ。家入ヒバナの名の下に』」

彼女が魔法を詠唱し——淀《よど》みなく粒子が流れ——。

「『ナギを、救って……』」

その一言で、青い光に包まれた猫たちが現れ、瓦礫《がれき》の床の上で優雅にふわふわ駆けた。

魔法が、発動した。

名前だ。彼女が魔法を使えなかったのは、名前を偽っていたからだったのだ。

「……良かったな、ヒバナちゃん……」

千歌《ちか》さんは小さく呟《つぶや》いた。僕も頷《うなず》く。ヒバナが放った魔法の猫たちは、魔物の周囲を包み込んでいた。魔物——ナギさんも、拒むことなくただなすがままになっている。

「ぐすっ……さようなら、ナギ……さようなら……また会いましょう……」

「Ｇｒ……」

魔物は首がないけれど……頷いているように見えた。よかった。ただ、よかったと思う。また会える、なんて風に言うヒバナは限りなく悲しげで、だけど魔物の表面をゆったりと撫《な》でる手は柔らかさと慈しみに満ちていた。

だが——。

腕の中の魔物は急に殺気立った。眉間に皺《しわ》を寄せるような、微《かす》かな魔力の発生を感じ取れた。魔物になったナギさんが足を動かして岩の上でじゃり、と石が転がった。

「Ｇｒｒｒｒ……」

首のない魔物が周囲を見渡すように肩を揺らした。青い光に包まれ消えゆく体でありながら、ヒバナの方へ腕を振った。ヒバナが真横に吹き飛ばされた。

「きゃあっ！」

「ヒバナ!?　なんで急、に」

急にヒバナに牙を剥《む》いた魔物のナギさん。だが、既にナギさんは息絶えていた。

魔物の体の中央に、大きな穴が開いている。

今の一瞬の間に、魔物の足下の地面が裂けて穴が開いていた。地下から何かがヒバナを貫こうとロケットのようなものが発射されたようだ。魔物のナギさんはヒバナを庇《かば》うために突き飛ばしたのだ。ヒバナは尻もちをついた姿勢のまま目を大きく開いていた。

「……外したか」

上空から声。見上げると天井から空まで開いた穴の上、紺色の空に箒《ほうき》に乗った魔女がいた。身に纏《まと》ったローブの影で顔は見えないが、その声に聞き覚えはあった。

「千歌《ちか》さん、あれって」

「……サクラッ！」

千歌さんは口の中で舌打ちした。それからブツブツ呟《つぶや》き、人差し指で空に文字を描いた。

すると中空に青紫の魔法陣が現れた。

千歌さんの周囲から気流が起こる。彼女は逆上がりするみたいに緩急をつけてふわっと宙で反転し、靴から魔法陣に接触した。すると、文字通りぶっ飛んだ。流星のような速さで星空に彼女は消え、周囲が揺れ、岩はがりがりと音を立てた。立っていられず片膝を立てて見上げると、箒に乗った魔女もいなくなっていた。

あれが千歌さんの追っていた相手、『家入《いえいり》サクラ』。この地面の下から出てきたのか？ 気になって足下の岩肌を撫《な》でる。

すると、岩の隙間から出た緑色の蔦《つた》に腕が押さえられた。

「……なんだ、これ！　ヒバナ！」

蔦の力は強い。片腕を引くも動かず、蔦に飲み込まれていく。べったり体まで地面に固定される。ヒバナの方を見ると、まだ呆然《ぼうぜん》と穴の開いた魔物の体に触れていた。

「ヒバナ！　逃げろ！」

ヒバナは僕の声で振り向き、赤く腫らした目を大きく見開いた。

「……シズキくん!?」

彼女は僕の方へ手を伸ばした。が、僕の視界は完全に蔦に覆われた。抗《あらが》おうとした瞬間、全身に鞭《むち》打つような強い衝撃を受けた。首の辺りから力が抜け、意識が薄れていった。

33

――何が、どうなったんだ？

視界は暗い。それに体がきりきりと痛む。全身が何か箱に入れられたように身動きが取れない。口に砂が入る……なるほど、生き埋めになっているようだ。僕は突然の崩落に巻き込まれてしまったらしい。空に飛びあがった千歌《ちか》さん、崩れるナギさんを看取《みと》っていたヒバナ、二人とも大丈夫だろうか。

「……『破壊』」

僕は手から魔法を放ち顔に大量の破片を浴びながらも、一気に地上に飛び上がった。破壊のエネルギーで地中から出て、さっさと体中に突き刺さる石の破片を取っ払った。

「……どこだ、ここ？」

顔に貼り付く瓦礫《がれき》の粉とは関係なく、目の前は白かった。眼前に現れた圧倒的な光。視界が白飛びする。家入家《いえいり》の地下空間のはずだが、どうにも奇妙だった。

周囲にはびっしりとドーム状に蔦《つた》の魔法が張られている。その隙間から陽《ひ》の光に似た、実験で植物に当てるためみたいなペカっとしたライトから光が降り注いでいる。おかげで明るく、足下の草まで青緑に輝いている。地面は人工芝のようだ。ドームの低い位置には何やら理科室みたいな棚とパイプが巡らされている。まるで研究のためのコロニー。空気すら澄んでいるように感じられた。

何より歪《いびつ》なのは、見上げると理科で使うシリンダーをデカくしたようなガラスの円柱が何本か地面から生えており、中には人ほどの大きさのセミの幼体のような白い物体が浮かんでいることだった。——上にいた魔物のナギさんに似ていた。

「初めまして。それとも形ばかりは『お久しぶり』、かな？」

後ろから、女性の声が聞こえた。落ち着き払った——僕が、記憶の中で聞いた声だった。

「ヒバナがお世話になったね。それにナギも。いやはや、まさかナギがヒバナを庇《かば》うとはね。おかげでヒバナを仕留め損ねたが……今はいい、あんなものより大切なことがある」

僕は振り返った。ソイツは、口元に僅かな微笑を携え、たたずんでいた。

「会いたかったよ『カレシさん』。いや千歌二絵《にかい》の弟子、斬桐《きりとう》シズキと呼ぶべきかな？」

僕の目の前には、サクラ色の髪の魔法使い、家入サクラその人が待ち構えていた。

34

「まずは最初の独り言に答えようか。ここはわたくしの工房だ。記憶に経験、自己認識を取り戻すにはこれぐらいの設備は必要でね。姉の家の敷地内に作るのは躊躇《ためら》われたが、結果的には良かった良かった。いや、元々はクローンでも作ろうとしていたのだが、こんな形で役に立つとは思っていなかった。いやはや人生何があるかわからないものだね。今は何年だっけ？　あぁ、すまない。最近目覚めたばかりでね、あぁ目覚めたというのは千歌《ちか》から話を聞いているかな？　わたくしがあんの千歌二絵《にかい》に理不尽に記憶を奪われた件なのだけど……あぁ、ちょっとイラっときてしまった。ふふっ。今はこの話はいいか」

家入《いえいり》サクラは慣れた様子で話しながら、新緑の地面の上に白いテーブルを魔法で運び椅子や菓子を集めていた。テーブルがスチールの足を鳴らして自走している。落ち着いているようで忙《せわ》しない異様な雰囲気と、友達かのような口調が心地悪かった。

「……話し過ぎて少し疲れてしまったよ。珈琲《コーヒー》飲むかい？」

出来上がったティーパーティの場でサクラは平然と椅子を引き腰かけた。口元に手を添えると、すっぽりティーカップが指の間に収まった。

「いえ、お構いなく……ええと、貴女《あなた》は家入サクラさんですよね。……なぜ」

「『貴女は僕の敵のはず』なのに？　そう言いたいのだろう、若人。目が笑っていないぞ」

サクラは据わった目のまま頬《ほお》の辺りの肉を持ち上げる、不気味な笑顔を見せた。少しだけ鳥肌が立った。コイツも、「殺している側」なのだ。

「確かに、思想を違《たが》える者をそう呼ぶなら『敵』だ。少なくとも千歌とは対立するだろうね。しかし、キミがそうであるかはわからない。それに敵だの味方だの、下らないと思わないかい？」

異常な気を引っ込め、サクラは目を閉じて珈琲をすすった。いつの間にか彼女の向かいにもう一つコーヒーカップが用意されていた。僕に座れ、と言っているようだ。

「毒は入っていない。入れるまでもないからね」

「なんのつもりですか」

「まぁ、少し話そう。我々は知的生命体なのだから、暴力ばかりで解決するのも良くない。そうは思わないか？　破壊魔法の使い手、斬桐《きりとう》シズキくん」

暴力ばかりで解決が良くないなんて——僕の父を巻き込んでおいていけしゃあしゃあと。ふつふつとした怒りが湧くけれど、彼女の言うことにも一理ある。僕は椅子に座った。

「いい子だ。さて、まずキミは崩落に巻き込まれてしまった哀れな子羊のように自分を思っているだろうが、違う。わたくしが単純に、この場をセッティングしたかっただけだ」

「セッティング……」

「わたくしの目標は知っているかい？」

「全ての魔法使いを殺す、でしたっけ」

「ザッツライト」

サクラは指を鳴らした。人好きのする笑顔を張り付けて、彼女は人殺しの思想を認めた。

「そんな殺人嗜好《しこう》の方が僕に何の用ですか。物騒な目標を掲げる割に、殺し合いにならないのが不思議なのですが」

「落ち着け若人。わたくしは、キミをスカウトしにきた」

サクラ色の魔法使いは人差し指の腹を上に向けたまま、しなやかに指を曲げた。

「……冗談ですよね？　ゲームじゃないんですから。世界の半分貰《もら》ったってあなたの側につくことはないと思いますよ」

「あはは、ゲーム脳だね、キミ。いや現代ではゲーム脳って死語なのかな？　自失の時のニュースなんかもぼんやり覚えているのだけどね、世の中は確実に変わっているのだよなぁ。ふふ。言葉は本当に移り変わるものだ。数年のブランクを置いた世界の定点観測というのも悪くはない経験だったよ。もちろん許せないコトはあるがね」

サクラは一度話し始めると長いらしい。よくわからない言葉を混ぜ込みながら、自分の言葉が面白いのか、ふふ、と途中でくすくす笑う。どうにもやりにくい。

「ええと、何だっけ？　そう、その、わたくしはキミからすればラスボスってわけだ。千《ち》歌《か》の弟子なのだからそういった偏見を持つのも仕方がないが、わたくしとしてはキミの有用性を認めている。得た情報からしてこちら側に付く人間だと確信できる。つまり、ヘッドハンティングだ」

「さっきから意味がわからない」

「キミはこう言った。『魔法使いは消え去らなければならない』」

背筋が冷たくなった。その一言で、彼女が何を言わんとするのか、わかった気がした。

「この町に敷いたわたくしの苗の魔法は特別製でね。魔力を練り上げて回復するパイプとしての役割以外にも色々持たせてあるのさ、ふふ。それで？　この言葉は、本心だろう？」

サクラは微笑《ほほえ》み、僕はどうにも渋い顔になる——そう、ナギさん……正しくはヒバナに自分が魔法使いだと告げたあの言葉が自分に突き刺さる。魔法は必要がない。珈琲《コーヒー》に口をつけるまでもなく、苦々しいものが広がる。

「わたくしは知っているよ。キミは本当に魔法使いが増えることが正しいと思っているのかい？　違うはずだ。キミはヒバナを助けて本当にただ全てが善かったと思っているのかい？　違うはずだ」

「何が言いたいのかわかりません」本当はわかる。

「キミには、わたくしがなぜ、こんな思想を掲げるのか理解ができるはずだ。実感として、感触として知っているはずだ。うちのヒバナを助け、魔法使いを増やす。一方で裏では人も、そうでないものも殺す」

——頭が痛くなってきた。絞めたウサギの首、被害者写真のプロファイル。魔物の牙、破壊した魔物から噴き出る血。記憶がにわかに騒がしくなる。そんな話は聞きたくない。

「——その殺害の根拠はただ、『魔法がそうだから』。魔法使いは、存在するだけで誰かを犠牲にするから。ただの被害者を切り捨て、目の前の人間を助けるキミが何も思わないはずがない。魔法は助ける力ではなく、不幸を増やす力だ。その諦めを、絶望を、キミは深く知っているはずだ。故にこちら側につく人材だ」

「……不幸に諦めに絶望とは、いよいよ息苦しくなってきましたね。あんまり口にするものじゃないですよ」

「そう皺《しわ》を寄せるな。しかし、認めているのだろう？　わたくしたち魔法使いが消え去って、世界は完全になる。魔法使いは消すべきだ」

「もうやめませんか」

「わたくしがするのは、平和のための行為だ。キミのしていることと、わたくしのしていること。数十年単位で見れば、どちらが総数の被害が少ないかは明白だろう。どうだ、わたくしとキミは違うと思うかい？　敵だと思うかな？」

小首を傾《かし》げて彼女は尋ねてきた。平然と、普通のことのように。

コイツは、危ない。本気だ。本気で魔法使いが消え去ることこそが、この世の幸せにつながると信じている。なにより警戒しなければならないのは、やはり僕自身もその思想を理解できてしまうことだ。

僕は立ち上がった。とてもじゃないけれど、座っていられなかった。

「……だとしても、結構です。……確かに魔法は不要でしょうが、だからといって魔法使いを消し去るなんて理屈は認められない。つまるところやっぱり殺しは殺しだ」

「まるでキミのしていることがそうではないかのような言い分だね」

落胆したようにため息混じりで彼女は言った。諭すようにも聞こえた。その眉を下げた顔が気に食わない。野蛮なのはどちらだと見透かされているようで具合が悪い。

「……正直、言ってることはわかりますよ。そりゃそうですよ、魔法は万能じゃないんです。でも、だからといって、魔法が不幸を増やすから魔法使いを殺すとして」

僕は息を吸った。気持ち悪いほど爽やかな人工の風が体の中で広がった。

「ヒバナは、千歌《ちか》さんはどうなるんですか」

「？　そりゃ死ぬだろう」

何を当たり前のことを、と彼女は薄く微笑《ほほえ》んだ。

「むしろまだヒバナが生きているとはね。全く、責任感の欠如とでも言うのかな？　自分のせいで才能に満ちた姉が死んだのだから、その責任ぐらいは負うだろう普通。わたくしとしては殺したかったが、まぁ、生き延びたならそれはそれでいい。せっかくだ、ナギの意識を移植できれば役に立つだろう。テレビ局で使った魔法はまだ使えるかな？」

「……何を言っているんだ？」

急にサクラの言っていることが一から十までわからなくなった。脳が理解を拒んでいるのだろう、同じ言語であるのに、彼女の発する言葉が何か呪文の羅列に聞こえた。

「彼女は言わなかったかな？　ヒバナがナギを殺したのだよ。子供のころにね、ヒバナが遊びか何かでナギを連れ出して事故に遭わせた。酷《ひど》い話さ」

「それは違います、あれはナギさんが勝手に逃げ出して、それをヒバナが追って……」

「キミは昔のナギの性格を覚えているのかい？　あれは間違いない、ヒバナが連れ出したんだ。それでナギを勝手に死なせるのだから……っ……わたくしにもいい迷惑だった。あぁ、ちゃんと殺しておかないと」

一瞬眩暈《めまい》を起こしたのか、彼女は頭を押さえた。彼女自身の何か忌まわしい記憶が不意によみがえったらしく、表情を険しくした。

「キミがヒバナを守るつもりなら、無論容赦はしないよ？　そもそもそんな議題が重要かい？　魔法使いの未来について語るべきで、千歌《ちか》だとかヒバナだとか今はどうでも……」

彼女は頬杖《ほおづえ》をついて、険しい眉で失望と退屈を混ぜたような顔をしている。そのヒバナだとか千歌さんだとかが、僕にとってはどう考えても重要であるのに。

「……最悪、僕の周りの人さえ傷つかないなら貴女《あなた》が何をしようと関係なかったんです。貴女の味方にはなれっこないが、不干渉で居たって良かった。……せめてヒバナだけでも見逃す気はないんですね？　貴女の言う通り思想が共通するのなら、せめて、似たもの同士で争わないに越したことはないと思いますが」

我ながら白々しい提案だった。案の定、サクラは弱者をいたぶるように歯を見せた。

「ふふっ、見逃すだなんて。むしろ、ヒバナだけは殺しておきたいね。まったく、なぜ価値を生み出せない方が生き残って、さらに世界に邪魔な存在にまでなってるんだか。この世は不条理だね。

──ナギの代わりに死んでおけばよかったのに」

その一言は──考えるより先に手が出た。

弾《はじ》き飛ばした食器やテーブルが宙に舞う。駆けだした僕はヤツに近づき破壊魔法を行使した。僕はサクラの頭を掴《つか》んだはずだったが、サクラは座ったまま姿勢を後ろに下げ、地面から伸びた蔦《つた》の壁が僕とサクラの間を遮った。掴《つか》んだ蔦達は砕かれた。食器やテーブルは落ち、がらがらと音を立てて砕け散った。

「いい速度だ。なかなか動けるようだな？」

「……ッ」

「キミを殺すのはもったいないな。これだけのスピードに躊躇《ためら》いなき殺しの才能。千歌なんて底抜けの平和主義者の下にいるのが惜しくてたまらない」

「無駄ですよ。貴女の味方になる可能性なんて万に一つもない。今わかった」

「よく考えろ。わたくしとキミの思想がどれほど違うと思う？　目の前の世界が全てではないんだ。未来を見て判断しなさい」

「遠くのことは見ないタチなんです。目の前のことで精一杯で」

殺意はなおも心の中で燻《くす》ぶる。今はつい手が出てしまったけれど、本当は僕自身、殺人に積極的ではありたくない。本当に僕らは殺し合うしかないのか。目の奥に滲《にじ》む熱を抑え、ここは一つ訊《たず》ねてみることにした。

「……ところで貴女《あなた》は、地球の裏では水不足が起こっているのに噴水を眺めるカップルって、どう思いますか」

「…………急になんの話だ？　千歌《ちか》の入れ知恵か？」

椅子にゆったり座ったままサクラは顎に手を当て、それから深く眉間に皺《しわ》を刻んだ。

「……それが、魔法使いの例えか？　心底下らんな」

「そう、下らないですよね。だってそんなの関係ないに決まっている。水不足だか何だか知らないけれど、カップルは勝手にお幸せにやっていればいい。元気に駆ける子供が知らぬ間に何匹蟻《あり》を踏みつぶしていようと、子供にその悪事を教える必要はない。目の前の幸せは、裏を知ったとて守られるべきだ。僕はそう思う。貴女はどうですか」

その言葉で——サクラは表情を大きく歪《ゆが》めた。これまでで一番、彼女の感情が揺れ動いたように見えた。眉をひそめ、目に怒りが滲《にじ》み、それらが一瞬で消えて笑みを浮かべた。

「そうか。キミは今、キミの思っている以上に酷《ひど》いことを言っているぞ？」

サクラは姿勢を戻して椅子から立ち上がり、肩を払って顎を引き、僕を睨《にら》んだ。

「まったく傑作だな……キミのような人が世に蔓延《はびこ》るから、世界は地獄であり続けるんだろうよ」

「でしょうね。だから言ったでしょう、貴女の味方になんてなれない。僕は貴女のように根本的な解決なんてしようとしていない。どれだけ罪悪感なんてものを抱えたって、僕は何度でもヒバナを助ける。あの時、それ以外の選択肢はあり得なかった」

サクラは心底呆《あき》れ切ったという風にため息をついた。

「斬桐《きりとう》シズキ。お前は、軽薄だな」

「……僕はヒバナを守るためならなんでもする」

「なら、死ね」

サクラの瞳は、底暗く輝いていた。

僕は一気に飛びのいた——彼女の背後から伸びる無数の蔦《つた》が僕を覆わんとした。僕は触れてくる蔦から全て破壊する。僕に触れては砕ける草と、それでも伸びる強靭《きょうじん》な生命力が拮抗《きっこう》した。

「わたくしの魔物二〇〇体、相手にできるかな？」

サクラは両手を広げた。足下から蔦が渦巻き何かの形を成していく。草むらの上にできた蔦のかたつむり達。その気味の悪い光景はみるみるうちに黒い物体へと変貌していった、がしかし。

「……数も数えられないいんですか？」

二〇〇体、というほど数がいるわけでもない。ざっと、五〇人分の魔物ってところだ。ヤンキーに囲まれている時と同じぐらいの圧力はあっても、暴力団のそれではない。

「……うふふ。問題はない。あんのクソ千歌《ちか》がちまちま減らしやがったな？　しかし、若人一人を殺すだけなら問題ないだろうね」

千歌さんが仕事をしていてくれたらしい。ニート扱いしてごめんなさい。僕は感謝をするが、願わくはもう少し減らしてほしかった。

前回、僕は油断したといえ、三体魔物を殺して腕をやられた。ここに五〇人分はいる。しかもナギさんがそうであったように、首のない人型に似た大型も交じっている。

――多分、死んだな。

だとしても、やるしかない。ヒバナのことを、千歌さんのことを胸の内で想《おも》った。

「ヒバナは殺させない……」

サクラは手を僕に伸ばし、同時に魔物が迫った。

僕は駆けだした。――サクラから離れるように。逃げ出すように。

多数対少数の勝負の場合、舞台劇のように一体一体を相手したいところだがなかなかそう上手《うま》くはいかない。実際は相手が四方から同時に襲い来て、多数側は急所を狙う必要すらない。無双するヤンキーが頭にくるパンチをひらひら躱《かわ》したりする漫画はあるけれど、現実では団子で狙われ手足の動きを奪われ、リンチにされる。

つまり、人数不利なら逃げるべきだ。僕は自慢の脚力で蔦《つた》をよけ、魔物の跳躍をいなしながらドームの端まで走った。

「はぁ、見得《みえ》を切る割には戦わないのだね」

サクラは地上で椅子に座り直してつまらなさそうにしている。僕はドーム周囲の蔦を掴《つか》んで小学生のジャングルジムみたいに、ぶらさがることにした。

粘っていると、魔物たちも追いついてくる。目まぐるしく眼前に迫る蔦、そして魔物。一対一が作れたら破壊。そんな風にまずは数を減らすことにした。蔦を掴む握力さえ足りればなんとかなる戦法だった。


「はぁ〰〰〰〰〰〰……。なんだ、つまらん男だな！」

一〇分ほど逃げながら戦っていると、遠くからサクラの声が聞こえた。

「そんなに退屈なら直接戦いませんかー！　この魔物、引っ込めてもらえれば！」

「嫌だ。戦いなんて本質的に無価値だ。さっさと死んでくれればそれでいいのに」

なおもサクラは椅子に座りながら……小型のオオカミの魔物を一体、膝の上で撫《な》でていた。しかしその魔物は突然血と骨をむき出しにし、歪《いびつ》な音を出しながら形を変形させた。

「ほら、わたくしを作ったよ。それと戦えばよいだろう」

気が付くとサクラの隣に、うつろな瞳のサクラがもう一人立っていた。

「……得意魔法は回復だと伺いましたが、まさか分身体とは」

「魔物の肉体組成を変えるのだって治療の一環だ」

「なんでもアリで羨ましい限りです」

「何を他人事《ひとごと》のように。キミだってヒバナを猫の形に変えたろう」

椅子に座ったままのサクラが腕を伸ばすと、ドームの中央からサクラの分身が僕めがけて跳躍してきた。

仕方ない。僕は蔦《つた》に掴《つか》まった状態から一度離れ、地面に落ちていく。下には多くの魔物がわらわら、口をあけるワニみたいに待ち構えていた。

「『破壊、シズキ、スタンプ』っ！」

唱えながら着地。僕の着地点から破壊の因子があふれ出した。グリッド化した衝撃と肉塊がばらばらと波を打って崩れていく。要点だけ詠唱してダッサい技名みたいになってしまったけれど、上からはまだ偽サクラが落ちて来ている！　ヤツは上空から頭を狙って両腕を伸ばしてくる、自爆覚悟の特攻の構えだった。

「『苗、支えろ！』」

僕の腕の肘辺りから蔦を地面に伸ばし衝撃に備える。上空からの偽サクラを腕で止め、重力無視の取っ組み合いの姿勢になる。腕が折れそうなほどの衝撃、だが驚くべきは触れる腕がまさしく人間の肉の触感であること。瞳孔は作り物で動きが読みにくい。手を握りつぶされそうな痛みを押しのけ、右腕で破壊魔法を行使する。そのまま被弾覚悟で偽物の顔面を五指で掴む。

「……っ、『破壊』！」

一瞬躊躇《ためら》い——頭蓋を破壊した。あまりにグロテスクな血肉が飛び散り……。

「ぐっ!?　っ、っ!?」

背中から衝撃を受けた。頭のないサクラ人形がそのまま僕の背中方向に体を捻《ひね》って回し蹴りを浴びせてきた。コイツ、形が人間なだけだ。

僕の体は壁面のパイプにのめりこみ、その下の岩まで叩《たた》きつけられた。口の中が切れて血の味がする。背骨を打った激しい痛みで上腕まで痺《しび》れた。手を軽く振って立ち上がると、いつのまにか目を楽しげに輝かせたサクラが近くまでニヤニヤ近づいてきていた。

「動揺が見えるぞ？　やはり人型を殺すのは怖いか？　いつもしていることなのにな？　キミはそんなことばかりだぞ？　誰かのためになりたいっていうなら、まずキミが消え去るべきだと気が付かないのかい？」

「よく話しますね……こっちが忙しいの、わからないですか」

自分の体を払って立ち上がる。サクラの背後から魔物が飛びかかってくる、避《よ》けられず左腕を噛《か》まれる、が、右手で破壊する。すぐに逃げて追撃を回避する。

「いいや。もう少し話をしてもらおう」

右足に蔦が絡まった。瞬間、体が地面に叩きつけられた。肺が圧《お》され、なおも追ってくるオオカミの魔物に左足の肉を食いちぎられた。気が遠くなりながら、足先から破壊魔法を通してぶんぶん振る。くそ、痛い……。

「キミが興味のある話をしよう。ヒバナが可愛《かわい》いのだろう？　『カレシさん』？　愛の力の前でキミはまた誰かを殺すのか？　それはただの嘘《うそ》だ。まやかしの希望だ」

カカカ、とサクラは笑う。年上の癖につまらないイビリ方しやがって、人の純情に冷や水浴びせて楽しいか？ぐらい言いたいけれど言葉を発するのすら辛《つら》くなってきた。

「羨ましいでしょう……恋愛トークする相手がいないんですか？　紹介しますよ」

右足の蔦《つた》が締まった。足からさらに伸び、僕の全身を束縛しようとしてくる。うっ血が起こって、全身から汗が噴き出る。

「……そんなにヒバナが大切かい？」

「ええ、何に代えても」

心底理解できない、という風に彼女は首を振った。空気が急にひんやりとした。

「やれ」

後ろから気配。振り向くと、大型の首なし魔物が、腕を振り上げていた。


一瞬、気が飛んだ。

僕の体はクレーターに半分めりこんでいた。意識が無かったのは数秒か。血を吐く。熱と寒さが同時に襲ってくる。脳が何か麻痺《まひ》して、耳鳴りがしている。体は感じたことないほど具合が悪く、寒く、震え、動かない。足は締められているのに何も感じない。僕の体はあのデカい魔物の両腕で叩《たた》き潰《つぶ》されたらしい。

「……まだ生きているな？　いい気味だ、もっと苦しむがいい。自分のエゴばかりで人を助け、勝手にいい面をする浮薄な男には、痛ましい最期がお似合いだ」

僕はひれ伏していて、サクラは眼前に立ちふさがっていた。

「ははは……それ、彼女にも言われましたよ。『助けてなんて頼んでない』って……そりゃ、っ、そうだ。だって勝手にやってるだけだ……。僕がそうしたいだけだ……」

なんだか笑みを浮かべる余裕が出てきた。それはもう僕の舌やら脳やらが傾いておかしくなっているのだろう、直感的に人体の限界が近いのだと解《わか》り始めた。

「……はた迷惑ですよね、僕も、貴女《あなた》も……」

軽く笑みを浮かべていると、もう一撃後頭部から地面に押し付けられ、顔を埋められた。人工芝の地面が割れ、口元の石と歯が交ざった。痛みは、笑えるほど痛かった。

「……自分の無意味さに泣いて許しを乞えば、痛みなく殺してやらんこともない」

「出た出た、『無意味さ』、ね……は、ははは！」

明るいドーム、ギラギラしたライトの下、嗜虐《しぎゃく》を浮かべた笑顔のサクラ。点滅する視界で、なんだか僕は医務室でオペを受ける患者みたいだって、そんな感想が浮かんで色々面白くなってきてしまった。壊れた脳ではギャグだった。

「そろそろ意味ある言葉を発してくれよ？　せっかくの遺言だ、千歌《ちか》への土産話にしたい」

薄く笑みの張り付いた顔を見上げる。滲《にじ》む視界では全てが虚《うつ》ろだ。喉から込み上げる音と一緒に血を吐いた。痛い、だとか、もう、そういうところの話にない。額が大きく割れ、べっとり流れる血が冷たかった。

「わかって、る……わかってるんだ、もう十分知ってるのに！　必要とか、意味とか、ないのに。本当は魔法使いなんて、いるだけ邪魔だ……一々言われなくたって知ってるんだよこっちは……」

呼吸が荒くなる。痛みと口元から溢《あふ》れる血で窒息しそうになる。砕けた歯がごろごろして、舌が上手《うま》くまわらない。視界は血で片目分だけ赤く染まっていた。

「でも、それがどうしたんでしょうね」

それでも、言葉は止まることなく出る気がした。手に力が入り始めた。冷たかった血が、熱を帯び始めた。

「生きる必要がないなんて、存在の必要がないなんて、最初っからわかっている……。だからって、抗《あらが》わず死ぬなんて、生きて損なって目を逸《そ》らして、そうやって嫌々死んだように生きるなんて、そんなのおかしいに決まってる……そんな僕は許せない……」

僕は魔法に助けられた。千歌さんにだって感謝している。それでも、魔法そのものは嫌いだ。生きるだけで見知らぬ誰かを傷つける。存在するだけで何かを損なう。誰かの犠牲

の上にしか立てない。

　だからって、僕は負けてやらない。

「僕は魔法使いだ……僕はっ、魔法使いだ！　魔法を使いこなしてみせる……。魔法を使って、必要とされてみせる……。ヒバナは絶対に殺させない。ヒバナは……。

　――ヒバナは僕が守る」

　ざらざらとした土を五指で押して、上体をなんとか持ち上げた。痛い、負けない、破壊したい、負けない。息を吐いて見上げると、まだヤツはせせら笑っていた。

「哀れだな斬桐《きりとう》シズキ！　だぁが残念。魔法を身に着けた段階で終わりなんだよ。どうあっても人の邪魔でしかない。消滅という絶望しかない。人は人と共に生きる。それができない人間に、希望はない。魔法使いに希望はない」

「それだ」

　ヤツの唾だらけの言葉に脳が回転を始める。理屈ばっかり掲げて口先を尖《とが》らせやがるそのツラを、思いっきり睨《にら》み返す。溢《あふ》れる血を一気に吐き出し、口を拭って言葉を発する。

「お前がさっきから何度も何度も何度も言うその安っぽい絶望だよ。お前は、魔法使いがこの世に存在することが悪いことだと知っている。だから魔法使いは消えるべきだと主張しているんだ。僕らが消えれば世界は良くなると」

「なにを当たり前のことを」

「――それが希望でなくて、何なんだ」

瞬間、瞼《まぶた》が消えたようにぎょっとした瞳になって、サクラ色の魔女は止まった。

「お前も結局、死ねば解決するなんて希望に縋《すが》っているだけだ。僕が誰かを助けるのと同じように、まやかしの希望に縋っている。違うか」

父が食われた日の炎の色、ヒバナが死んだと思った日の燃えるような夕日の赤色。不意にその色を思い出した。理不尽を拒み憎む赤褐色。同じ色をした血が顎へと滑り、青緑の地面にぽつぽつと痕を残していた。

「その一点で、やっぱり僕らは同じなんだよ。もう一度聞く、僕とヒバナを見逃す気はないんだな？」

「……ふふっ」

怒りを滲《にじ》ませた歪《いびつ》な瞳のまま、サクラは鼻と口だけで精一杯笑っていた。

「あんまりにも話が通じないね……あぁ、……あぁ気に食わないな、こんなに他人に対して気色悪いと感じたのは久しぶりだなぁ！　てか逃がすわけないよね、千歌《ちか》の魚糞《ぎよふん》をさ！」

「……なら、殺すしかないな」

サクラはくしゃくしゃと頭を抱えていた。そのいら立ち逆立つ髪の一本までよく見える。

僕は足を束縛されながらも、上体を何とか持ち上げた。

「死ねよ……、斬桐シズキっ！」

「……っ、やってみろっ！　『破壊っ、斬桐《きりとう》シズキ！　全部壊せ』！」

蔦《つた》がきつく締まるその直前、僕は自分に巻き付く蔦ごと、触れるもの全てに破壊の魔力を流し込んだ。

光が満ち、周囲は吹き飛んだ。風が四肢の隙間から漏れ出て、噴き出した血と共に自分が空っぽになってしまったかのような錯覚を覚える。

本来ならしない、自爆特攻の破壊魔法の使い方。ここまで体に近いものを破壊した経験はない。一歩間違えれば自分ごと吹き飛んでいただろう。

だが、僕は生きていた。

蔦と周囲の魔物を吹き飛ばし、僕の周囲の地面は大きく抉《えぐ》れていた。爆風で緑の芝は吹き散らされ、代わりに黄色い砂が周囲で渦を巻いていた。

「あぁ……逃げなければいいのに。すぐ殺してあげたのにね？」

ゆらりと、砂煙の向こうからサクラが現れた。僕も、右半身の肘と膝を地面に向けたまま、引《ひ》き摺《ず》るように立ち上がった。

「結構ですよ、……僕にはヒバナが待っているんで。だから死なない。全っ然、まだまだいちゃこらし足りない」

「あー……！　もう、下らない、さっきから下らないなぁ斬桐シズキ!!　さっさと死んでよおおお!!!」

サクラが腕を伸ばすと、砂塵の向こうから数体、魔物が風を裂いて現れた。スローモーションに、大爪と腕とが僕へと振り下ろされていく。

「……殺《や》るしかない」

握りこぶしを一つ、顔の前に持ってきて、ありったけの魔力と殺意を込める。そして自分自身に言い聞かせる——生き残る。ヒバナと会うため、生き残る。

刹那、飛びかかる魔物の、僕の足目掛けた牙を、正中を狙った腕を、首を狙った爪を、全て目で追いながら避けた。なんだ、全部躱《かわ》せばいいだけだったのか。すれ違う魔物の腹や太い二の腕や、頭に触れる。破壊の魔法を込めれば、それだけで事足りた。

彼らの体が膨らみ、血と熱のシャワーになった。僕は無辜《むこ》の被害者たちを爆散させた。

「調子乗んなぁあああ!!」

次にサクラ本人が、僕の方へ矢のような蔓《つる》を向けてきた。切っ先鋭い植物の攻撃も充分避けられるとは思ったのだけど——。

体がよろめいた。認識は追いついているのに、もう、肉体の方が言うことを聞かないらしい。僕の目の前に、尖《とが》った蔓の先端が現れた。蔓は月みたいに丸く見える——。

そして、何も見えなくなった。暗く、温かく、ぬくもりのある黒……の塊、具体的には小動物ぐらいの大きさの何かによって、僕の視界は遮られた。

「猫……?」

「……っ、ヒバナぁっ……！」

サクラの蔦《つた》は全て青く光る猫へと変換させられていた。蔦は途中で断絶し、緑の足下で青い猫が走り回っている。

「にゃ！」

首輪をつけた猫が、眼前で元気に鳴いた。黒猫は僕の肩に乗り、ぺろりと血を舐《な》める。それから猫は天井を見上げた。

釣られて空を見ると、上空には僅かに小さな穴ができていた。ちょうど、猫一匹が通れるぐらいの大きさ。明るいドームだったはずの天井に、ほんの一筋外の暗闇が差している。

「よくやったナギちゃん……じゃなかったな、今はヒバナちゃんか」

頭上から声がする。——そして、天井は割れた。

苗は崩れ、パイプと岩は月の光を浴びてキラキラと崩れ落ちていく。夜の穴の中心には大きな月が聳《そび》えている。よく見れば月には人の影があった。金の輪郭に、大きな人型の黒。洒脱《しゃだつ》を纏《まと》った大魔法使いは、月を背にした黒く表情の見えない中でも、その殺意のこもった鮮紅《せんこう》の瞳を静かに輝かせ見下ろしていた。

「……シズキ。待たせてごめん」

僕の師匠、千歌二絵《ちかにかい》。その声を聴いた瞬間なんだか力が抜けて、僕はその場で後ろに倒れこんだ。猫は、にっ⁉　と驚きながらも胸の上で抱かれていた。

「……惨めに偽物を追えばよかったのに。思ったより早かったのだね？」

「三〇分以内は遅刻に含まれねぇ。そっちこそ記憶が戻んの早ぇんじゃねぇか」

風が吹く。彗星《すいせい》の如《ごと》く着陸した千歌さんと、いつの間にか千歌さんの方を向いているサクラ。二人はついに対峙《たいじ》した。

「ふふふ、クソ千歌？　わたくし、今非常に機嫌が悪くて」

「あぁ、テメェのダミ声外までよく響いてたぜ。それにアタシも同じ気分だ」

「わたくしの魔物をさんざん減らしておいて、よくのうのうと現れたね？」

「アタシのシズキ傷つけて平気で逃げられると思うなよ……？」

二人は何か言い合っていたけれど、段々と音も遠くなってきた。僕の方は無理をしすぎたらしく、もう指一本も動かせない。

「シズキくん!?　大丈夫!?」

不意に小さかったはずの誰かが、僕を包んだ。

「――あぁ、助けに来てくれたんですね」

薄目を開けると、泣きそうな顔のヒバナが、僕を覗《のぞ》き込んでいた。

「ダメ……あぁ、どうしよう！　死なないで！　ねぇ……お願い……もう……誰も……いなくならないで……」

「……大丈夫、です。僕は絶対に、死んでやりませんから……」

薄れゆく意識、体はとっくに限界だ。そんな中、胸だけはじんわりと温まった。

彼女は今も悲しみ、うろたえている。平気なフリして表情豊かな、そんな彼女が傍《そば》にいてくれることが、僕はただ嬉《うれ》しかった。

視界は薄いというのに、その言葉ははっきり聞こえた。

「えーサクラに逃げられました」

数日意識が戻らなかった僕は、廃駅の暗がりで目が覚めるや否やそう聞かされた。千歌《ちか》さんは頭を下げた。白髪があるのが、僕の蔦《つた》に阻まれたわずかな視界で見えた。

「……はぁへ」

「シズキくん、目覚ましたの!?」

ヒバナの声が遠くで聞こえた。首を少し動かすと、僕はキオスクの中、千歌さんの匂いのする布団の上で寝かされていることがわかった。腕と足、頭まで『苗の魔法』による蔦に包まれているようだった。

「や、聞いて聞いて？　サクラ倒すの今じゃなくてもいいじゃん？　早い方がいいけどさ？　でもシズキ完全に死にかけじゃん、どう考えてもシズキ優先になるじゃん」

「ん、ほうへすね……あの、何日たちまひた？」

「シズキくん！　……！　生きてる、起きてる！　あぁ！　良かったわ……」

「うっふ」

視界の外側から、みぞおち辺りにヒバナがダイブしてきた。なんだかデジャブだった。

「許してねっ？」

ヒバナの背中越しに、千歌さんが可愛《かわい》らしく手を合わせているのが見えた。僕は脳の処理が追い付かず適当に頷《うなず》いた。

結局、蔦が外れるには二日を要した。

どれだけ激闘があっても少し経《た》てば日常に戻ってしまう。廃駅の石テーブル上でヒバナの授業ノートを写しながらそう実感した。蔦の魔法の効果で全体的にほっそりした体だけがあの日の戦いの痕跡だった。

「だからこそ区切りでお祭り騒ぎするのが大切なのさ。ただ日常に戻るだけじゃつまらないだろぉ？」

翌日、千歌さんのそんな鶴の一声で僕とヒバナ、ミコさんまでが廃駅に集められた。名目は「シズキの復活並びに、ヒバナちゃんの魔法使い化が完了致しましたお祝い会並びに、これからサクラ追うの頑張ろうの会」。つまり、彼女は宴《うたげ》をしたいだけだった。

廃駅には魔法のイルミネーションによって天井中に光の粒が広がり、床は風魔法で塵《ちり》一つなく、先取りしたクリスマスツリーに門松までもが置かれていた。石のテーブルにはオードブルやピザや寿司《すし》、飲み物のペットボトル、紙のコップや皿が並んでいる。

「節操ない風景ですね」

僕は紙コップを傾けて温《ぬる》いオレンジジュースをちびちび飲んでいた。

「決起会的な雰囲気が出ていればいいのよ、千歌先生の性格からすれば」

　ヒバナもピザを紙皿から口に運んでいた。赤いソースが口元につくのも構わず、大きな口を開けてピザを食べている。周囲の装飾と相まってクリスマスの子供のように見えた。

「あのー、顔出したのでミコは帰っていいですかー？　ミコはニートでも学生でもないんですよー。就業時間終わったらさっさと帰りたいんですよねー、わかりますかねーこの気持ちがー」

「『飲み会も仕事の一環』って自分で言ってたろミコ。いーだろ、付き合えよ」

「そういう意味で言ったんじゃないですけどねー」

　ミコさんと千歌《ちか》さんはコップの酒類を傾けて話し合っていた。ミコさんは数杯飲んでも顔色を変えず、対する千歌さんは顔を赤くしている。

「ねーねーナギちゃん、魔法が使えるようになったんだろ？　ぱーっと見せてくれよぉ」

　ピザやお菓子や飲み物が石テーブルの上に並ぶ中、千歌さんはヒバナに絡んでいた。千歌さんはヒバナを「ナギちゃん」と呼ぶ癖が直っていない。ヒバナは微妙な顔をした。

「……ヒバナよ？　千歌先生がやれと言うなら仕方ないけれど……」

「千歌さん、現代ではハラスメントって言うんですよ、最近話題になっている『魔法を無理に使わせるハラスメント』、通称マホハラを知らないんですか」

「あっそれ、ミコが提唱し始めたんですよー。職場のジジイが転移させてくれってすぐ言ってくるのでー」

「どうして発案者がいるのよ、狭い業界ね……」

千歌さんは笑い、ヒバナも口元を歪《ゆが》めながらも楽しんでいるように見えた。四人でやんやと騒いでいると、不意にミコさんが真面目な顔になった。

「あー業界ついでにーヒバナさん？ でしたっけー。魔法協会としてはどんな魔法を使うのか気になるんですよねー、お仕事的な意味でー」

宴会であってもミコさんの目は笑わない。さすがの仕事魂を見せるミコさんにヒバナは少し困惑した様子で、僕の様子をちらちらと窺《うかが》うように視線を送ってくる。

「ヒバナ、あれから魔法を使いました？」

ヒバナは首を横に振った。

「なら一度魔法は使っておいたほうがいいかもしれません。一度魔法が使えたからってずっと使えるとは限りませんから」

「……そうね。確かに魔物にはなりたくないわね、ナギの分まで生きるのだから」

ならば準備、と僕ら三人はテーブルの上を片付けた。ヒバナは少し離れた位置で手を合わせ、唾を飲んで『猫よ』から始まる呪文の一小節を唱える。すると、辺りに光が満ちていき……。

唱えおわると、落ちた服の中から小さな黒猫が現れた。

「ヒバナは変身魔法が得意なんですね」

「はー、すごいですねー、変身はレアですよー。何より魔法が使えて私としても少しは安心ですねー、人手は多い方がいいですからー」

「しかも猫を操れるんだな、これが。実はシズキが戦ってた上でもな、ヒバナちゃんがアタシを呼びに来てくれたんだよ。町中の猫が上空のアタシに向かってにゃーにゃー鳴くから何事かと」

「へぇ……じゃあ僕が助かったのはヒバナのお陰なんですね」

知らなかった。そういえばあのドームの上から最初に小さな穴に落ちてきたのもヒバナであったたし、ヒバナはまさしく命の恩人だったのだ。

さらにもう一度光ると、ヒバナは人型に戻った。美しい白肌、くぼみのある臍《へそ》、魔力の行使によって少し汗ばんで張り付いた前髪、なにより柔らかそうな……。

「そうよ？　私に感謝してよね」

「「あっ」」

僕の目は左右から差し出された手によって遮られた。だけど、僕は一瞬でばっちり見た。

「ありがとうございます！」

ヒバナは、また全部脱げていた。

それから散々ヒバナに罵倒され、張り手を一回食らうことで許された。千歌《ちか》さんは笑っていたけれど、ミコさんは引いていた。僕はまたミコさんに頭が上がらなくなった。

そんな風にやんややんやと食事会を続けていたけれど、所詮ただ食べて飲んで話すだけである。一時間半も経《た》つころには眠たげな空気が漂っていた。

「ヒバナ。ちょっとはしゃぎすぎましたかね、すいません」

それぞれがダラダラと過ごす中、ヒバナは廃駅の川辺、流れる水を見ていた。彼女は僕の接近に気がついていなかったようでハッと驚いて、それから目元を拭った。

「いえ、楽しかったわ。……見られたのは癪《しゃく》だけど……今考えていたのは別のこと」

小さく丸まった背中はどこか寂しさを感じさせた。僕も隣にしゃがみ込み、並んで水を眺めた。

「ナギさんのことですか」

「……急にきたわね」

「僕で良ければ聞きますよ。みんなの共犯者、シズキです」

「なにそれ」

ヒバナはふふっ、と笑った。流れる水に映ったヒバナが水面で揺れて、憂いのある表情が幾重にも重なった。

それからしばらく黙っていたけれど、水の流れの音に合わせて彼女は話し始めた。

「ナギお姉ちゃんは私を庇《かば》ってくれたけど、それでよかったのかなって……」

彼女は手探りで思い出しながら話しているようだった。水面《みなも》に映る彼女の背後にイルミネーションの光が見えた。

「……今まで私の中には何もなかったのだと思うの……ヒバナって名前と一緒に私は死んで、だからずっと他人事《ひとごと》で、『ナギ』って呼ばれることも普通になっちゃって……でもやっぱり、違ったの。私はナギじゃなかった……そう、それが、怖い。怖いの」

ヒバナの細い指先が震えていた。指は血管の青が薄く浮かんでいた。

「ナギの代わりに自分が生きる責任というのかしら……私なんかが、何もわからないのにこんな風にしていていいのかなって……本当に求められるのはナギだったのかなって……」

ヒバナはそこでため息をついた。自分の重みで首が折れそうなほど俯《うつむ》く彼女の不安を、きっと僕は知っていた。

「人生が始まった、ってやつですね」

僕のありふれた言葉が意外だったのか、ヒバナは顔を上げた。

「人生ね…………それは大変ね」

「そうです、人生です。『これも人生だ』と言えば何でも教訓めいて聞こえる、あの人生です」

「一言多いわ」

ヒバナはまた少し笑った。少し笑う、ということが僕は好きだ。ほどよく、どうでも良くて。肩の力が抜けることは大切だ。

「もう、すぐ茶化《ちゃか》すの……そういえばシズキくん。私がヒバナってことをさらっと受け入れたわね。驚かなかったの？　気になっていたのだけど」

「後出しじゃんけんで申し訳ないですが、記憶が戻ってからはそうかな、と」

なぜ？　と彼女は軽く首を傾《かし》げて問うてきた。

「まぁ、前々からクールを演じているだけだと思っていたので。根が明るそうな雰囲気といいますか……。それに、オレンジ色の下着を身につけてたじゃないですか。オレンジはヒバナのトレードカラーですし」

「あ、あれは……！　ただの趣味よ！　そんなヘンなところに関連性見出《みいだ》さないでくれる!?　忘れて！」

いえ下着の色ってずっと覚えていますよ、と返すのはさすがに自重した。

「……といっても、もしかしたら下着は無意識に自分だって主張したかったのかもしれないわね……求められたからだけじゃなくて、ね」

「後からの理由はどうとでもつきますよ。それに、きっと僕も同じなんですよ」

シズキくんが？　とヒバナは首を傾げた。僕は続ける。

「いつか、ヒバナは僕に言いましたよね。僕はめちゃくちゃだって、どうして適当なことばかり、って」

「常に思うからいつのことかわからないわ」

「本当は心あたりがあったんですよ。僕は、自分のことを話せません」

少しだけ手汗が気になった。僕が自分のことを話すのは久しぶりな気がする。

「話せないというのは制約的な意味ではなく……僕は自分のことを話すのが苦手です。これでも結構聞いてばかりなんですよ。それは、僕が自分のことを話せないからなんです。

自分のことは適当言って誤魔化《ごまか》してばかりで……過去が無かったから。というより、過去を思い出した今でもそうすると思います。自分のことが大切で、他人にそれを話すだけの勇気がない」

唇が薄く震えた。僕は言わなくていいことまで言っているのではないだろうか？ 一体なぜ話しているのだろう。……聞いてほしい、知ってほしいからだろうか。

「だけど、だからって会話に参加せず、ムッと黙って、つまらない人間だと断じられたら悔しくありませんか？ 僕は悔しいです……だから、せめてちょっと面白いことをしてやりたいんです。そうすれば、人から求められます。結局僕も人から求められたかったんだと思います」

ヒバナの方をちらと見る。彼女は真面目に聞いているようで少し恥ずかしくなる。

「だから僕が言いたいのは……重苦しく考えすぎない方がいいと思います。無自覚でも自覚的でも、やっぱり人を求めてしまうんです。教室だったりテレビだったり、殻を被《かぶ》って策を弄するのは誰でもそうだと思いますから……ナギさんのフリをするヒバナも、またヒバナだと思います」

そこまで言い切って、僕は水に手を突っ込んでざぶざぶと洗った。ヒバナはじっと水面《みなも》を見て何かを考えているようだった。

「……そうね、ちょっとだけわかったわ。私がナギお姉ちゃんを目指しちゃうことも、『ただのヒバナ』が嫌だったことも……うん」

ヒバナは俯《うつむ》きながら、何かに納得したように頷《うなず》いた。

「だから、シズキくんは魔法が嫌いなのね？」

予想外の質問返しに、僕は少したじろいだ。

いつかされた質問だった。結局、僕が人から求められたいと思っているのなら……。

「……そうですね、はい」

僕は魔法が嫌いなのだろう。

「魔法使いは世界に必要ないですから」

そう口に出して、誰かに言って、やっと落ち着いた。僕はどうしても魔法のことを好きになれないらしい。

「シズキくんって、時々大きいことを言うわね。世界って何かしら」

「…………よく勇者が救うヤツですかね？」

世界とは何か？　哲学的だ。いざ訊《き》かれると困るものがある……家入《いえいり》サクラにも同じことを尋ねてみたいと思った。

『わたくしたち魔法使いが消え去って、世界は完全になる』

サクラはそう言った。未《いま》だに半分、僕はそれに同意している。ただ唯一違うのは、僕は目の前の皆を犠牲になんてできないだけ。だから、サクラを拒んだ僕の選択が、底なしのモヤモヤした感情以上に僕というものを表している。そう納得していた。

だけど、本当はどうなんだろう。

「私はね、シズキくんに会えてよかったの」

「え」

彼女の声で、僕は現実に引き戻された。

「私は嬉《うれ》しかった。シズキくんに出会えて、魔法に出会えてよかったわ」

ヒバナは——僕の方を見て微笑《ほほえ》んでいた。花のように笑うものだから、ついどきっとした。変なタイミングで息を吸ってしまう。

「……そうですか」

つい顔を逸《そ》らした。あー、なんだかダサい反応をした。水面を見るのも嫌だった。自分のにやけた面が映りそうで。

「何恥ずかしがっているのかしら？　ふふっ」

ヒバナは僕をついてきた――僕はふと思った。

魔法が無ければ、彼女には再会できなかった。あたりまえのことだ。魔法があることで世界に魔物が溢《あふ》れる。きっと罪悪感は消えない。表立って使えない力だ。人を不幸にすることもある――世界に不要である。

だけどヒバナに会えた。

「……魔法がやっと好きになれるかもしれません」

テーブルの方では千歌《ちか》さんがミコさんのスマホを奪って振り回し、それをミコさんが頬《ほお》を膨らませながら追いかけている。ヒバナは僕にいたずらな笑みを向けている。

ここが僕の居場所なんだ。

「ヒバナを好きになって良かったです」

僕は肩の力を抜いて、思ったことを言った。

ヒバナは伏しがちだった顔を上げた。微笑みが色を失ってすっと僕を正面からとらえた。

「あ、あぁ……いつもの冗談、よね？」

「いえ、今真面目だったでしょう……本心ですよ。それとも今から冗談にしますか」

段々と首から赤みが差していった。かぁあ、と音が聞こえそうだ。

「ばっ、馬鹿じゃないの!?　な、な、なに言ってくれちゃってるのよ、馬鹿っ」

ヒバナは膝を両手で叩《たた》いて立ち上がった。ミコさんと千歌さんも僕らを見ている。

「適当になんて言いませんよ。冗談でこんなこと、言うわけないじゃないですか」

「言いそうよシズキくんは！　ま、全くもう、全くもう！　急に言うことないじゃない、真面目にされると逆に恥ずかしいわ……適当に言いなさいよ！」

ヒバナはもう真っ赤になって僕の前で立ち上がって怒っている。適当に言えなんて倒錯した発言に、僕はつい笑ってしまった。

「言いませんよ。だって、僕がぬけぬけと言うことは、全部嘘《うそ》ですから」

あとがき

ここまでお疲れ様です。

はじめに、本作をお手に取っていただきありがとうございます。この場を務めさせていただきます、作者の茶辛子《ちやがらし》です。

恐れ多くもMF文庫Jライトノベル第二十回の新人賞最優秀賞という立場を頂きました本作ですが、この『エンバーミング・マジック』は編集の方々の協力なしには完成しなかった作品でした。特に担当の編集Sさんには何度も修正を見ていただき、意見も頂き、頭が上がらない思いです。

というのも、この作品は受賞後に大きく書き直したものなのです。

受賞コメントにも記載させて頂きましたが、受賞の知らせをメールで頂いた時から喜びより大きな「マズいぞこれは」という焦燥感に背を押されていました。元々この作品は同時期に投稿した別作品の息抜き的に書いたものであり「まさか受賞すると思っていなかった」という、アレです。しかし、作品がどんなつもりで書かれたかなど読者の前では関係がありません。私は喜んでいる場合ではなく、この作品を、胸を張って世間様の前にお出しできるようにする必要がありました。

この作品は書き直しと共にありました。ここからは制作の裏話のようになってしまうことをご了承ください。

私は修正にあたり、まず評価シートくん（新人賞投稿に対して返却される、作品への改善点が連ねられた用紙です）と膝をつき合わせました。彼は容赦なく改善点を述べるため「本当に申し訳ない、その通りです」と私は何度も頭を下げました。

評価シートは言いました。「もっと魔法を掘り下げて欲しい」「設定を活《い》かし切れていない」「設定が薄く見える」……と。

では魔法という設定の過去を作り、歴史と広がりと魔法がどれだけすんごい力を持つハイパーなものであるのか……それを書けば良い、のでしょうか？　私は設定を作るのが苦手でした。なぜなら、設定は人格に関わりにくいためです。この現実の設定である「リンゴは上から下に落ちる」だとか「水は二個の水素原子と一個の酸素原子」だとか、それら設定が我々の感じるこの世界の説明になるのでしょうか。断じて否です。私の物理化学の成績は終わりました。

それでも、苦手だろうと魔法という設定を掘り下げる必要があるのです。魔法とは何なのか。なぜ魔法の話を書いたのか……。

ひいては、なぜこの作品が賞に選ばれたのか。

私は魔法という設定の中にあった己の非反省的な部分を、受賞という機会によって直視し直すことになりました。魔法とは何であるのか。答えを出し、それにより主人公とあの人が戦う終盤部分が完成したのです。が、魔法はともかく、作者の内面的な判断自体は作品に関係ない上に、このふわふわした話の要点を言えば作品が終わってしまうので、ここまでにしておきます。

ともかく、書き直しによって初期案の文字は半分以上消え去り、展開が増え、ヒロインも厄介なキャラになりました。前述のとおりラストシーンすら追加されたこの作品は、誇張抜きで編集S様を筆頭とする方々の協力あってこそでした。

改めて、謝辞を送らせていただきます。この作品に関わり多大なお時間を頂いた編集S様、編集部の方々、審査員の方々、校正の方々、この作品に携わった全ての方々に大きな謝辞を送りたいと思います。ここまで来られたのは決して私だけの力ではなく、拙い私を拾い上げ読んでくださった方々のおかげです。本当に、ありがとうございます。

そして今作を美麗なイラストで彩って下さったカラスロ先生にも謝辞を述べさせていただきます。高校生男子の傍《かたわ》らには年上美魔女と相場が決まっておりますが、シズキくんの年相応な美的意識を滲《にじ》ませた、且つクールさを描き出したカッコいいビジュアルに加え、千歌《ちか》さんは大変すばらしく気だるげであるため、唯一無二の素晴らしいイラストになっていると感じます。カラスロ先生、ありがとうございます。

なにより、ここまで読んでくださった読者様に改めて感謝を申し上げます。娯楽がパッと光っては消えゆく大量消費の昨今、この作品を手に取り時間をかけ、ここを読んでくださる方がいるということを、私はとても嬉《うれ》しく思います。

またご縁があれば『エンバーミング・マジック』二巻でお会いしましょう。
作者の茶辛子《ちやがらし》でした。

問題がいったんの解決をみて、
進路やテストといった普通の日常を過ごすシズキとナギ。
そんな中、学校は文化祭でどこか浮き足立っていた。

「特別になりたい」

そんな学生たちの隠れた願いにつけ込む「魔法売り」

魔法を無秩序にばらまく者を突き止めるべく、
文化祭に翻弄されながらもシズキたちは動きだす。

――」

第2巻、来春発売予定！

※2024年12月時点の情報です。

エンバーミング・マジック

魔法を殺す魔法

「魔法は特別です。だから

ファンレター、作品のご感想をお待ちしています

あて先

〒102-0071　東京都千代田区富士見2-13-12
株式会社KADOKAWA　MF文庫J編集部気付
「茶辛子先生」係　「カラスロ先生」係

MF文庫J

エンバーミング・マジック
魔法を殺す魔法

2024年12月25日　初版発行

著者　茶辛子

発行者　山下直久

発行　株式会社KADOKAWA
〒102-8177 東京都千代田区富士見2-13-3
0570-002-301（ナビダイヤル）

印刷　株式会社広済堂ネクスト

製本　株式会社広済堂ネクスト

Printed in Japan　ISBN 978-4-04-684343-2 C0193

◇◇◇

この作品は、第20回MF文庫Jライトノベル新人賞〈最優秀賞〉受賞作品「魔法使いの孤」を改稿・改題したものです。

探偵はもう、死んでいる。

好　評　発　売　中

著者：二語十　　イラスト：うみぼうず

《最優秀賞》受賞作。

これは探偵を失った助手の、終わりのその先の物語。